# 臆《おく》病《びょう》ウサギのお嫁《よめ》入《い》り

石原《いしはら》ひな子《こ》

*ILLUSTRATION*：古澤《ふるさわ》エノ

# 臆病ウサギのお嫁入り

*LYNX ROMANCE*

*CONTENTS*

# 臆病ウサギのお嫁入り

むかしむかしあるところに、レイノとオリリラがいました。

二人はお互いをとても大切に思い、深く愛し合っていました。

レイノの家とオリリラの家は何代も前の時代からたいそう仲が悪かったので、二人のことはだれにも秘密です。

夕方になると二人は海の見える小高い丘で落ち合って、毎日、海に太陽が消えていくまでの時間を一緒に過ごしていました。

レイノとオリリラは、会えるだけでとても幸せでした。

しかし、ある日、二人の秘密が周囲に知られてしまいました。

レイノの両親もオリリラの両親も怒り、二人の仲は引き裂かれてしまいました。

それでも二人の相手を思う気持ちは、日を追うごとに増すばかり。

レイノは一番信じている幼なじみに協力を頼みました。彼にオリリラへの手紙を託します。遠く離れた暖かな土地で一緒に暮らそう、と書かれていました。

手紙を受け取ったオリリラは、レイノの幼なじみに、きっと行く、と伝えました。

そして約束の日。

レイノとオリリラは、太陽が沈むのを待ち、約束の場所に向かいます。

無事に落ち合った二人は、ひたすら南を目指して走り続けました。

しかし、間もなく、追っ手がやってきました。

「なぜ追っ手が？」

レイノは焦ります。

「この計画は私たちしか知らないはずなのに」

オリリラは絶望します。

二人ははっとして、顔を見合わせます。

「まさか……」

レイノとオリリラ以外に、一人だけ、二人の駆け落ち計画を知っている者がいました。

そうです。レイノの幼なじみの男です。

彼は裏切ったのです。

待ち合わせの時間、逃げる方角、すべてを知られているので、レイノとオリリラにはもう逃げ場がありません。

捕まれば、おそらくもう二度と会えません。

「オリリラ、あなたを愛している。捕まれば私は見せしめに殺され、あなたはほかの男に嫁がされるだろう」

「レイノ、私もあなたを深く愛しています。あなたが殺されてもなお私が生き続ける意味があるのでしょうか」

目の前には、流れの激しい大きな川。背後にはもうそこに追っ手たちの姿が。

追い詰められた若い恋人たちは、逃げることを選びます。

レイノは腰紐《こしひも》を外し、二人の体に巻きつけました。

「生まれ変わって姿形が変わってしまっても、必ずあなたを見つけます」

「私もあなたを探し出します」

生まれ変わったら、今度こそ幸せになろう。

レイノとオリリラはそう約束し、赤い痣《あざ》ができてしまうほどの力で、お互いの手を強く握りました。

そして二人は空に浮かぶ星になりました。

年に一度だけ、海の流れが変わる日がある。

一年で最も明るいとされる、十三番目の月の満月の日だ。

この日の早朝に、北方にある、海に囲まれた小さな島国ウォルトリアから一隻の船が出される。毎年、その船に乗るのは一人だけ。十六になる歳《とし》の男女の中で一番美しいとされる者、というのが条件だ。

今年選ばれたのは、長い耳を持つウサギ科のミミ。

満場一致の即決だったそうだ。

この船に乗る、ということは、これ以上ない名誉なのである。

国中から称賛され、国王からはお言葉をいただき、ミミ一家の生活は一生保障される。

食糧の確保が難しく貧しい雪国のウォルトリアにおいて、死ぬまで衣食住に困らないというのは、家族にとってはとてもありがたい話なのだ。

ウサギ科が多く住む地域から海岸までの道には、馬車に乗っているミミの姿を一目見ようと多くの人たちが詰めかけていた。

島の中心に山はあるが、ほとんど平坦な土地だ。十三か月のうちで雪が降らないのは二、三か月。

海が近づくにつれて、民家が少なくなっていく。

「噂《うわさ》には聞いていたけど、本当に美しい子だねぇ……」

「整いすぎてて作り物みたい。本当は、神の使いなのでは？」

「肌も毛も真っ白だね。赤い目が綺麗《きれい》」

ミミを初めて見る人たちは皆、称賛を口にする。

役人から受け取った外套《がいとう》も白。顔を出す部分にはふわふわの毛が縫いつけられており、冷気の侵入が防げる。とても上質な毛織物で、ミミたち庶民が簡単に買えるような代物《しろもの》ではない。一枚羽織っただけなのにとても暖かくて、弟や妹たちに譲ってやりたかった。

去年まで、ミミは沿道から馬車を見ていた。たしかに毎年、ため息が漏れるほどの美しい男女を見てきた。ミミもいずれ選ばれるだろうと幼少期から言われ続けてきて、実際に今年そうなった。

全員が同じ考えではないにしろ、ほとんどの国民が前向きに受け止めている。素晴らしいことなのだと信じて疑わない。否定的に感じる者がいるとするなら、本人あるいはその家族だ。けれど、それを表に出すわけにはいかない。

海岸にはすでに国王たちがいた。普段は城にいる彼らが、一国民であるミミに会うだけのためにやってくる。つまり国を挙げての一大行事なのだ。

ミミは役人たちとともにゴツゴツとした岩場に下り、国王の前に立つ。

強い風が吹いていて、ミミの銀色のふわふわの髪が風になびく。

家族以外の国民は岩場への立ち入りが禁止されているため、少し高い場所からミミの船出を見守っている。

「――そして我々ウォルトリアの国民は、ミミとその家族に感謝する」

国王がウォルトリアの成り立ちから現在に至るまでの歴史を語り、最後に、ミミと家族に感謝の意を述べた。

「海の上はとても寒い。船は雨風がしのげる造りになっているし、嵐に遭遇したとしてもそう簡単には転覆しない。食糧も、ひと月以上もつ量が積んである。この海の流れに乗っていけば、ルズガルト王国にたどり着くと言われている。ミミの無事を祈っている」

一般市民はまず、国王と対面することはない。万が一機会があったとしたら、地面にひざを突き、頭を下げなくてはならないとされている。実際に、両親と弟妹たちは今、そうしている。

しかし、選ばれし者であるミミの身分は、今は国王と同等かそれ以上の存在であり、ひざを突いたり頭を下げたりする必要がないのだ。そうすることで、見送りに来た国民たちにも、ミミが王に匹敵する存在なのだと伝えている。

船に乗る直前、最後に家族と話をする時間が与えられた。

「ミミ……」

「……ごめんね」

ここ数日、両親はミミの顔を見るたびに涙した。いよいよ別れが目の前に迫ってきて、泣きすぎた両親の目や顔はぱんぱんに腫《は》れている。

「兄ちゃん……」

歳が近い弟妹たちはその意味を知って悲しみ、まだ幼い子たちは意味がわからないながらも、両親や兄姉が泣いているからつられて泣いている。

「僕は大丈夫。謝らないで。今までだって、先に旅立った者たちによってこの国の平和が守られていたんだから。その役割が僕に回ってきただけの話。僕はウォルトリアの平和を願うよ。それに僕が行くことで、お父さん、お母さん、弟や妹たちの生活が楽になるんだ。だから、どうか笑顔で僕を送り出して」

「ミミ……。あなたは本当になんていい子に育ったの」

母がミミを強く抱きしめた。弟や妹たちもミミの足にしがみついてくる。

かわいい我が子を手放したくない、と家族は最後まで抵抗していたが、その時は来た。

「お父さん、お母さん。今までありがとう」

弟や妹たちの名前を一人一人呼び、「みんな元気でね」と声をかけた。

「ミミーっ!」

「お兄ちゃーんっ!　行かないでっ!」

大勢の拍手と歓声を、そして背中に両親や弟妹の悲痛な叫びを受けながら、ミミは船に乗った。

強い風を受けて船が動き出す。

その瞬間に、これ以上ないほどの大歓声と、盛大な拍手が湧き上がった。その中に家族の悲痛な叫びが混ざっていたのを、ミミの大きな耳はしっかりと拾っていた。

けれどミミは最後まで涙を見せず、完全に皆の姿が見えなくなるまで、海岸に向かって手を振り続

けた。王と同等以上の役割が与えられているのだから、弱い姿など見せてはならない。

ミミはずっとウォルトリアの方角を眺めていたが、すっかり見えなくなると、途端に足の力が抜けて、その場にずるずると座り込んだ。

船には扉付きの部屋があり、雨風にさらされる心配はない。中には物資がたくさん積まれているようだし、海の上ではある程度、快適に過ごせるだろう。

ミミはその木製の壁に背中を預けた。

この船に乗る、ということは、これ以上ない名誉なのである。

ただし、それは建前だ。

過去の例から見ても、ミミは二度とウォルトリアの地に戻ってくることはない。

この船の向かう先は、ウォルトリアの南にある大国、ルズガルト王国だ。

一年に一度だけ海流が変わる日があり、その流れに任せればルズガルト王国にたどり着くと言われている。しかし遠く離れた大陸に無事に到達する保証はない。仮に行けたとして、ミミはそこで待ち受ける獣人属の餌《えさ》になる。

獣人属とは、見た目は動物だが二足歩行で人の言葉を話す者たちの名称だ。

彼らは動物の耳と尻尾が生えている有耳属と同じ「ヒト類」に属し、服を着て、道具を使って、有耳属となにひとつ変わらない生活を送っている。中には有耳属または獣人属しか存在していないという国もあり、地域によって差がある。

ルズガルト王国にたどり着けば、そこにいる獣人属の餌になる。着けなければ海の上で餓死《がし》。船が転覆すれば溺死《できし》。ルズガルト王国以外の国にたどり着く可能性もある。

ウォルトリアは他国と国交がなく、外は未知の世界だ。

どの結末を迎えたとしても、この先ミミに待っているのは「孤独」。そして「死」だろう。

過去にルズガルト王国に渡ったとされる人たちはだれ一人としてウォルトリアに戻ってきていないし、選ばれし者たちがたどり着いた先でなにをすればいいのか、という話も事前に聞かされていない。

「死」の選択肢しかないというミミの推測は間違っていないはずだ。

ミミや過去に海を渡った者たちは、ルズガルト王国からの侵略の脅威を回避するための人柱なのだ。死をもって、その役割を果たしたことになる。

この習わしは、とある言い伝えに由来する。

遥か大昔、ウォルトリアに「人柱」という概念がまだなかった時代。

ある嵐の日に遭難し、たまたまたどり着いたルズガルト王国から命からがら逃げ帰ってきた船員がいた、という記録が残っている。後にも先にも一人だけ。彼の名を、マルルと言う。

ウォルトリアは主に動物の耳や尻尾がある有耳属の人間たちだけで構成されているが、ルズガルト王国の国民は獣人属だった。

見上げるほどの大きな肉食動物はまるで魔物。言葉は通じたが、牙《きば》を剝《む》き出した動物が吠《ほ》えているようだったらしい。現地に残してきた船員たちは、おそらく獣人属に食われてしまっただろう、とマルルは証言している。

獣人属は逃げるマルルに、ウォルトリアから生贄《いけにえ》を差し出すよう命令した。さもなくば、ウォルトリアに奪いに行く、と。

よほど怖い思いをしたのか、マルルは帰国後、支離滅裂なことばかり言っていたらしい。彼の証言がどこまで真実かわからないとしながらも、この件をきっかけにウォルトリアはルズガルト王国に対し人柱を立てることになった。そのためウォルトリアは襲撃を受けず、平和な暮らしが維持できているのだ。

ルズガルト王国に行った者はマルルたち船員と人柱だけ。その国が存在しているのか、本当は皆、知らない。

その年の人柱に選ばれた場合、断るという選択肢はない。もし逃亡したり拒絶したりしようものなら、家族たちに迷惑がかかってしまうからだ。しかし過去に人柱を輩出した家族は、たとえそれ以降の子供が絶世の美男美女だったとしても免除される。

ミミがここで盾となれば、かわいくて大切な弟や妹たちが助かる。ミミを差し出した見返りとして、両親は生涯、国から莫大《ばくだい》な援助を受けられるのだ。さらに国の平和のために貢献した一家という栄誉も与えられる。

一年間のウォルトリアの平和と両親の一生分の生活の保障を考えれば、ミミ一人の犠牲など取るに足らない。嘘《うそ》偽りなく、ミミはそう思っている。

ただ、獣人属に食われて恐怖と痛みの中で死ぬのは怖いし、海の上にただ一人、話し相手もいないまま長旅を続けて孤独の中で死ぬのも恐ろしい。

「海に飛び込んじゃえばいいのかな……」

鏡のようになっていて空の雲が映る海面をぼうっと眺めながら、ミミはぽつりとつぶやく。

「でも、泳げないし」

海に飛び込めば溺死する。

今すぐに苦しんで死ぬか、もう少しだけ先まで生きて恐怖を感じながら死ぬか。この船は、確実に死に向かって進んでいる。

頭が考えることを放棄したら、体中から力が抜けた。壁に預けていた体がずるずると崩れて、ミミは床に転がった。

外套を体に巻きつけ小さく丸まったが、震えは収まらない。寒いのではなく、ただ怖い。

何時間も波に揺られ、気づけば空には星が浮かび始めている。

出航したばかりの頃と比べると、今は波がとても穏やかで、水の上にただ船が浮かんでいるようにしか感じない。

日が完全に落ちてから暗闇に支配されるまで、あっという間だった。

真っ暗な海の上で、一年で最も強く輝く十三番目の満月が、水面《みなも》に反射している。

ミミは周囲を見てみる。しかし、いくら明るい空だとはいっても陸地が見えるはずもなく、空と水面に浮かんでいるお月さまだけが、ミミの心細さをほんの少しだけ和らげてくれた。

頭から被《かぶ》っていた外套を取って耳を澄ませてみるが、波が船体に打ちつける音以外、なにも聞こえない。

「本当にルズガルト王国ってあるのかな……」

このままどこにも着かず海の上で息絶えるのと、猛獣の餌になるのと、どちらが楽に死ねるのだろう。

音を聞くために立ち上げたつもりの耳が、再び垂れ下がる。

これまでにルズガルト王国に向かった人たちも、ミミと同じように恐怖に怯《おび》えていたのだろうか。

彼らはどこに行ってしまったのか。それを知っているのは本人たちだけだ。ミミもいずれわかる。

眠ってしまえば、その時間だけは恐怖を忘れられる。次に目を開けたときにどうなっているのか。

なんてミミは考えたくもなかった。

いっそのこと、目が覚めなければいいのに。

体温を奪うウォルトリアの強い風はすっかり消え、船は波間にゆらゆらと漂っている。優しく動く船は、まるでゆりかごのような心地よさだった。

ミミは自然とまぶたを閉じた。

「せめて、運命の人に出会っていたらなぁ……」

そうしたら、絶望の中でも少しは気持ちが違っていたかもしれない。それとも、運命の人との別れに悲観して今よりももっと大きな苦しみを味わっていたのか。

ウォルトリアには、言い伝えがいくつもある。そのうちのひとつが「赤の刻印」だ。

恋が成就《じょうじゅ》せず亡くなった二人が、未来の恋人たちの幸せを願った。彼らの情熱が神に伝わり、神は運命の恋人たちに同じ形の痣を授けるようになった、と言われている。

しかし実際に赤の刻印が体に現れた者がいた、という記録は残っていない。悲恋の物語はだれかの創作かもしれないし、事実だったとしてもあくまでも言い伝えに過ぎない。

しかしそのような伝承がある以上、ミミは赤の刻印を持って生まれてくる者たちが存在していると思っている。二人が同じ国に生まれてくる可能性。同じ時代に生まれてくる可能性。同じ種族として生まれてくる可能性。気の遠くなるような奇跡の連続が起こらなければ出会えないだけで。

ミミの体のどこにも痣はないので、自身にそのような出会いがあるとは思えないが、痣を持っていなかったとしても。運命を感じる相手はミミにも、ミミ以外にも、必ずいるはずだ。だから皆、恋をするのだ。

「もしかしたら、ルズガルト王国に僕の運命の人がいるかもしれない。だから僕が選ばれて、今、そっちに向かっているのかもしれない」

などと考えるのは馬鹿げているだろうか。

ミミの現状は変えようがない。しかしこれが運命だとするならば。

目を閉じるその瞬間まで、希望は捨てないでいよう。自分のこれまでの人生がみじめなものだったと感じないように。残り少ない時間、嘆きながら過ごすより、少しでも楽しいと感じられるような状況を作ったほうが、死に際にきっと後悔しない。

「どんな人かな……」

想像してみるも、姿形は曖昧《あいまい》で、輪郭がぼんやりとしている。でも、考えるのは楽しかった。ずっと気持ちは沈んでいたが、今は少し気分が楽になっている。

「現実から目を背《そむ》けているだけだって、わかってるよ」

ミミは両手両足をピンと伸ばしてから、ふっと力を抜いた。

体から力が抜けた途端に、ここ数日続いていた緊張の糸がぷつりと切れたようだった。一瞬にして意識が途切れた。


突如、体に強い衝撃を受けて、ミミは飛び起きた。

「……っ！」

ミミは激しく鼓動する心臓を外套の上から押さえた。部屋の中に逃げようと、扉の取っ手に手を伸ばしたが、震える手に力が入らず、なかなか開けられない。

ゴツゴツと衝撃が続く。

ミミは壁に身を寄せ、周囲をうかがってみる。

いつしか眠ってしまい、夜が明けていた。まだ薄暗く、早朝だと思われる。

船が岩に衝突しているようだ。しかし船が壊れるほどの衝撃ではなかったようで、浸水などもしておらず無事だ。

海面に朝靄《もや》がかかっていて、自分の船とその周辺しか様子がわからない。

ミミは恐々と両耳を立てて左右に動かし、周囲の音を拾う。

「……話し声がする」

それも、一人や二人ではなく、かなりの人数だ。周囲に船が何隻もあるのか、または、陸地が近いのかもしれない。

ミミは人々の話し声に集中するあまり、近くにある物体に気がついていなかった。

「わぁっ！」

靄の中から突如現れた大きな黒い物体に飛び上がり、ミミは大声を上げてしまった。

すぐに両手で口を塞《ふさ》ぎ、気配を消す。

物体は、ミミの乗っている船の何十倍もの大きさの船だった。

「そこにいらっしゃるのは、ウォルトリアからの客人でしょうか」

甲板から声が降ってきた。

恐る恐る見上げてみたが、靄がかかっているので見えない。当然、相手もミミの姿は見えていないだろう。

ウォルトリアの人なのか？

怪我《けが》などしていないか？

この声が聞こえているなら返事をしてくれ。

といった言葉が次々聞こえてきた。どれもこれも丁寧《ていねい》な言葉遣いだった。

「我々はルズガルト王国の海軍です。危害を加えるつもりはありません」

ルズガルト王国は、本当に存在していたのだ。

無事にたどり着いたことをよろこぶべきか。いよいよ獣人属の餌になるのだと悲観するべきか。

手が震えてなかなか開けられなかった扉をようやく大きく開け、ミミは部屋の中に逃げ込んだ。国王の言葉どおり、食糧や毛布、衣料品や燃料などが積まれていたし、暖かそうな寝具もあった。

扉に鍵はついていないので、ミミは荷物の中に潜《もぐ》り込み、毛布を頭から被って身を隠す。

少ししたら、ミミの船に軍人たちが何人も下りてきた。そのたびに船が大きく揺れた。

「この船の造りから見て、ウォルトリアからの客人で間違いないだろう。この部屋の中にいるのかもしれない」

「ウォルトリアからの客人、中にいらっしゃるのか？」

軍人の一人が扉を叩《たた》く。

「……っ！」

ミミは口を押えて体を小さく丸める。耳は完全に寝てしまっている。

「気配はあるから、どうやらいらっしゃるようだ」

「イリゼラ、今からこの船を我々の船とつなぎ、あなたを我がルズガルト王国へとお連れいたします」

「ウォルトリアからの客人には丁重に接するように、と国王から命を受けております。今は怖い思いをされていると思いますが、我々を信用してください」

軍人だというわりに、男たちは柔らかな話し方をする。

彼らはミミをイリゼラと呼んだ。

イリゼラとは、神様であるイリザの子供を指す言葉だ。

ミミが神様の子供？

なぜそんなふうに呼ばれるのか、意味がわからない。

今わかっているのは、ミミはルズガルト王国へ連れて行かれているということだけだ。

危害を加えない、国王からの命令だ、と軍人は言っていたが、本当なのだろうか。

扉を開けようと思えば簡単に開けられる状況で、強行突破してこないのがその証《あかし》か？

ミミは扉をわずかに開き、外の様子をうかがってみる。

気配はあるものの、隙間から見える範囲に男たちはいない。船体の揺れが激しくなり、雲の流れは速い。受ける風も強い。男たちの言葉どおり、ミミの船はルズガルト王国の船に引っ張られているようだ。

尻尾が見えたので、ミミは音を立てずにそっと扉を閉め、再び荷物の中に身を隠した。

それからどのくらいの時間が経《た》ったか。

外では軍人たちの大きな声が飛び交っている。その内容から、船がルズガルト王国に到着したようだった。

再び扉が叩かれる。

「お待たせいたしました、イリゼラ。ようこそルズガルト王国へ。我々がご案内いたします。どうかお姿を見せてはいただけないでしょうか」

軍人の言葉を信じていいのだろうか。

気を許して扉を開けた瞬間に捕まり、殺されるかもしれないのに。しかし閉じこもったままだったとしても、いずれ船を破壊されて捕まるだろう。

海の上でルズガルト王国の海軍に見つかった時点で、ミミの運命は決まったのだ。

ミミは下唇をぎゅっと嚙《か》み、心を決める。

指先まで冷たくなった手で、扉を少しだけ開けてみる。すると、もわっとした暖かな空気が室内に流れ込んできた。

太陽は空高く上がったようで、日差しがまぶしい。ミミは目を細めた。

扉の前にいたのは、黒い毛並に三日月のような形の立派な角が突き出たバイソン。ウシ科の中でも特に大きいとされる種族で、ウォルトリアに残されているマルルの記録どおり、全身獣の姿をしている獣人属だった。

「……っ！」

ミミは扉の前で完全に固まってしまった。声も出せないし、扉を閉めるも開けるもできず、取っ手をつかんだまま、口をあわあわさせて軍人を見上げる。怖ければ目を逸《そ》らせばいいのに、それもできない。人は恐怖にさらされたとき、体が動かなくなるらしい。

「長旅でお疲れでしょう。立てますか？」

バイソンがミミに手を差し伸べる。

ミミの倍はありそうな大きな体。軍服の胸には、おそらく王家のものと思われる絵柄と剣が描かれている。ほかの軍人たちの白い制服の胸にも同じものがついているので、これが軍人を示す紋章なのだろう。

軍人たちは皆、クマだったりトラだったり、いかにも強そうな男たちばかり。ルズガルト王国は獣人属で構成されているという話は本当だったのだ。

バイソンは毛むくじゃらの手を伸ばした状態でしばし待ったが、ミミの表情が恐怖に固まったまま硬直しているので、「失礼します」と言い近づいてきた。

恐怖に支配されたミミは、逃げることも、声を出すこともできない。ただの人形のように、バイソンに軽々と抱き上げられた。無理やりではなく、丁寧に扱われているのだけは感じた。

「怯えていらっしゃいますね。危害を加えるつもりはありませんのでご安心ください」

どこへ連れて行かれるのだろう。殺されてしまうのか。

ガタガタと震えるミミの耳には、バイソンの言葉は入ってこない。

それからミミは、海岸から少し離れた場所に停《と》まっていた馬車に乗せられた。

馬車はウォルトリアにもあるが、国王が乗っていたものよりも数段豪華だ。大きくて、中も広くて、椅子《いす》にはふかふかな布が敷いてある。

「イリゼラ、ようこそお越しくださいました」

そう言って馬車に乗り込んできたのは、先ほどの軍人たちとは違って、ミミと同じ有耳属だった。

獣人属だけでなく、有耳属もいたんだ……。

軍服を着ている彼もまた、海軍所属のようだ。胸章がたくさんついているので、バイソンたちより偉いのかもしれない。

ミミたちが乗り込むと、馬車がゆっくりと動き出した。

「私はダグと申します。国王も、ルズガルト王国の国民も、皆、イリゼラを歓迎しております。イリゼラ、お名前をお伺いしてもよろしいでしょうか？」

「……」

マルルの記録から獣人属を恐怖の対象として考えていたが、見た目が自分たちに近い人物に対しては、ほんのわずかであはるが、その気持ちが弱まる。とはいえどこに連れて行かれるのかわからない恐怖に怯えているミミの口はまだまともに動かない。

それがわかっているのか、ダグはしつこく尋ねてきたりはしなかった。

「お腹は空いていませんか？」

恐怖と緊張でそれどころではなかったミミは、首を横に振った。

「果物などをご用意してあります。こちらに置いておきますので、ご自由にお召し上がりください」

ミミの椅子の空いている場所に、見たことのない果物の籠《かご》が置かれた。

大好物の苺《いちご》もある。子供の握りこぶしほどの大粒のものを見るのは初めてだ。

興味はあるものの、やはりまだ完全に気を許せる状態ではなく、ミミは苺から目を離した。

「毎年この時期にやってくるウォルトリアの客人が迷わないように、数日前から船を沖まで出し、捜索するのが我々軍人の仕事です。その役目を無事に果たしましたので、今から、イリゼラの身元引受人、わかりやすく言うとイリゼラのこちらでの生活をお世話する者の元へとお連れいたします。到着まで少々時間がかかりますので、どうぞ、お楽になさってください」

ダグを、ルズガルト王国の者たちを、信用していいのだろうか。安心しろと言われて簡単に頷《うなず》けるほどの度胸はない。

ミミは小窓の外に顔を向けた。

海岸から離れ、馬車は青々とした草原の中を走っている。

遠くには黄金色の麦畑がどこまでも続いている。あちらこちらに果物の木があり、色とりどりの果実がたくさん生《な》っているのが見えた。長閑《のどか》な土地だ。農作業中の獣人属が目立つが、有耳属も一緒に作業をしていた。

「ルズガルト王国の景色はいかがですか？」

しばらくすると、民家や商店、行き交う者たちの姿が見受けられるようになってきた。

「市場はいつも賑《にぎ》わっているんですよ」

ダグが指した方角に市場があり、野菜や果物、魚などの食べ物が山のように積まれている。

商人や商品を求める者たちの身なりがいい。色鮮やかな布を贅沢《ぜいたく》に使い、帽子や杖《つえ》などの小物も洒《しゃ》落《れ》ている。国民の生活ぶりから、豊かな国であることがうかがえる。

なんて活気があるのだろう。国民たちの表情は皆、明るい。

見るものすべてが目新しくて、ルズガルト王国に対する恐怖を一瞬だけ忘れた。ミミは身を乗り出し、小窓から顔を出して外を一心不乱に眺めていた。

国民の生活圏を抜けた先は、高い石の壁に囲まれた王都だ。

門の前には兵士がいて、中に入るためにそこで許可を得なければならない。

そこでミミが目にしたものは、まるで見たことのない世界。

数台の馬車がぶつかることなく行き交える広い通り沿いに、石や煉瓦《れんが》造りの高い建築物が立ち並んでいる。窓枠、扉や門などの一部が金だ。壁や柱に彫刻が施されている建物ばかり。

同じ服を着ている者たちが建物に入っていく。

「ここは主に国の様々な機関が集まっています。彼らは皆、役人ですね。我々軍人は軍服ですが、役人はあのような簡素な長衣が一般的です。似たり寄ったりですが、胸の紋章が所属によってそれぞれ違うので、そこで見分けがつきます」

王都を取り囲む石の壁の果ては見えなかった。門の中もかなり広大であることはうかがえる。役所だけでもきらびやかだったが、貴族の館はさらにその上をいく。

ダグは目についた事柄について色々と説明してくれるが、ミミは視界に入ってくるものすべてに圧倒されてしまって、右から左へと素通りだ。

またしばらく揺られ、ミミを乗せた馬車は再び兵士がいる門をくぐる。

ダグに説明を受けずとも、ここがどのような場所なのか、ミミはわかる。

今日見た中で一番大きく、そして一番華やかできらびやかな建物。ルズガルト王国の王宮だ。

呆然《ぼうぜん》とするあまり口が開きっぱなしだったミミに、先に馬車から降りたダグが手を差し出してきた。

「長旅お疲れ様でした」

ビクッとして身をすくませたミミを気遣って、ダグは手を引っ込める。

ミミはきょろきょろと周囲の様子をうかがい、怖々《こわごわ》としながら馬車から降りた。

「ここはルズガルト王国の宮殿です。どうぞ、こちらに」

ダグはミミを王宮に入ってすぐの部屋に案内した。

高い天井には絵が、壁には全面に装飾模様が入っている。床には陶の板が規則的な絵柄を描いている。家具のようなものは一切置いていないので、なんのための部屋なのだろう。

首を傾《かし》げるミミに、ダグが言った。

「暑くないですか？」

問われて初めて、ミミは汗をかいていたことを自覚した。

「ウォルトリアからいらっしゃる方たちは、皆、暖かな衣服をまとっておられますね。相当寒い国だと伺っております。ルズガルト王国は雪がほとんど降らない温暖な気候で、とても過ごしやすいですよ。どうぞ、こちらにお着替えください」

渡された服には光沢があった。とても柔らかくて肌触りがいい。絹だ。そして花のようないい香りがする。

ミミが外套の下に着ているのは綿の長衣と下穿《したば》きだ。形はダグから渡されたものとほとんど変わらない。ただ、綿素材の簡素な服と違い、受け取った服の腰紐は金糸が織り込まれているし、胸元には草の模様が刺繍《ししゅう》されていて、手が込んでいる。

外套を脱げばいいだけの話なのではないか。

手に持っているルズガルト王国の服を眺めるミミの心を読み取ったのか、ダグが言った。

「ルズガルト王国の第一王子にお会いしますので」

つまり、ウォルトリアの粗末な服は脱げ、という話らしい。

ルズガルト王国と比べたらみすぼらしいかもしれないが、これだってウォルトリアの国王からいただいた新品だ。国力の差を見せつけられて少しみじめな気持ちになったが、両国の服を見比べたら、その差は歴然としている。

ミミはウォルトリアの服を脱ぎ、ルズガルト王国の服に着替えた。

柔らかくて着心地がいい。けれど、故郷からまた一歩遠ざかったみたいだ。

脱いだ服を畳んで胸に抱きしめるミミに、ダグが言った。

「これから謁見の間に参りますので、お荷物はお預かりいたします」

捨てられてしまうのだろうか。

手放そうとしないミミに、ダグが重ねて言った。

「取り上げるつもりはございません。船に積まれていた荷物もすべて、用意してあるイリゼラの部屋に運ばせますのでご安心ください」

どうぞこちらに、とダグが手を差し出してくる。

しかし衣服を両腕でぎゅっと抱えてミミが拒むと、ダグは無理強いしなかった。

着替えを済ませて部屋を出ると、執事が待機していた。彼に案内され、ミミとダグはさらに宮殿の奥へと進んでいく。

「ルズガルト王国には、国の保護が必要な国民たちのための施設が各地にあります。年齢は様々。大人と子供で管轄《かんかつ》が異なります。ウォルトリアからの客人をどちらで扱うのか、難しい部分はあるのですが、初めてやってきた者たちを発見し世話をした施設に、それ以降も任せています」

ミミの村にもそういった制度はあったが、国が管理するような大規模なものではなかった。

平民の暮らしぶりといい、異国からやってきた得体の知れない存在への扱いといい、成熟した社会のように感じた。

回廊から見える中庭で、笑顔で駆け回っている子供たちの姿が見えた。

ミミの視線の先に気づいたダグが言う。

「住み込みで働いている職員の子供たちだと思われます」

ここにきて初めて、一瞬ではあったが肩の力が抜けた。

どこの国の子でも種族が違っても、獣人属でも、子供というだけでミミは彼らをとてもかわいく感じる。

同じような扉が何十枚も立ち並んでいる中、一番奥の扉だけ華美な装飾が施されている。執事はその部屋の前で立ち止まり、扉を開けた。

このひとつの部屋だけで、ミミの家族の十倍ぐらいの人数が生活できそうな広さだ。

扉の取っ手は金。応接の椅子や卓の脚などもなにかの絵柄が彫られているのが遠くから見てもわかる。壁に掛けられている大きな絵画や、飾られている骨董品《こっとうひん》は、どれもこれも高価そうで、同じ空間にいるというだけで緊張してくる。

室内にはすでに応接用の布張りの大きな椅子にゆったりと腰をかけている者と、その横に立っている者と、二人の有耳属の男性がいた。

椅子に座っている男はライオン科だ。光沢のある服、首から下げている装飾品、腰には剣を携《たずさ》えている。町中やこの建物内にいた人、ミミがこれまでに見たルズガルト王国の人たちの中でだれよりも身なりが立派なので、おそらく彼が、ダグの言っていたルズガルト王国第一王子だろう。

そして王子の隣に立つ男に視線を動かし、ミミは思わずはっとした。

男の背後がちょうど窓で、太陽の光を背に受けているからだろうか、男の姿が輝いているように見えたのだ。

襟《えり》の詰まった真っ黒な長衣をまとい、裾《すそ》からわずかに下穿きが見えた。それも黒。肩より少し長い髪の毛も、ぴんと立つ三角の耳も、ふさふさの尻尾も、全部真っ黒。オオカミ科だ。背がかなり高くて威圧感があって、ぞくっとする。目が合った瞬間にミミの全身に鳥肌が立った。

殺されるとするならば、相手はきっと彼。ミミが感じたのは殺気だろうか。それ以外にあるとするならばなんなのか。

「ルズガルト王国第一王子、ヴァレレンス殿下でいらっしゃいます」

ダグに紹介されたヴァレレンス殿下は、椅子に座ったまま、わずかに首を引いた。

「ウォルトリアの客人よ。長旅ご苦労だった」

ヴァレレンス殿下はひじ掛けに手を乗せた姿勢で、ゆったりとした口調で話す。

「名はなんと申すか」

ミミは自分に質問を投げかけられているのがわかっているのに、言葉が出てこない。

きらびやかな服装や表情など、全体からにじみ出てくる頂点に立つ者としての強さが備わっているヴァレレンス殿下よりも、ミミの目はなぜか隣の男に釘《くぎ》づけだ。

「彼はかなり怯えているようです。先ほどから一言も声を発しません」

ダグが助け船を出してくれる。

「左様《さよう》か。よい。シルヴルヴの元でこちらの生活に慣れるとよかろう」

ヴァレレンス殿下はミミを見たまま視線だけをわずかに横にずらし、隣に立つ男を指した。

「彼はシルヴルヴ。神官の長です」

ダグが彼を紹介した。

神官の長。神様にお仕えする者の呼称だ。鷹揚《おうよう》なヴァレレンス殿下と比べてミミが彼に厳格な印象を抱いたのも、そのせいかもしれない。

男はミミの父親より、十歳ぐらい若く見える。

「過去にウォルトリアからやってきた客人たちも、彼の館でお世話しております」

ミミは神官のそばに連れて行かれる。

距離が縮まるにつれて、心臓の鼓動が速くなっていく。

ミミよりもはるかに背が高く、肩幅は広く胸板が厚い。彼もまた軍人なのではないかと思える、死線をくぐり抜けてきたような精悍《せいかん》な顔つき。

ミミは彼が怖かった。

胸には軍人とは異なる紋章がついていた。軍人は剣が、彼の紋章には書物が描かれている。

「初めまして、ウォルトリアの客人。私はレクシュア・キャスカ・シルヴルヴ。我々はしばらく共に生活する間柄。レクシュアと呼んでください」

腹に響く低い声。

鋭く切れ長の目。全身黒をまとっているレクシュアの瞳だけ、黄金色。宝石みたいに綺麗だ。

声や表情が硬く、厳しそうだ。殿下やダグと比べて言葉づかいが仰々《ぎょうぎょう》しくない。彼の言葉どおり、しばらく一緒に過ごすから近い関係を保ちたいという意識の表れなのだろう。

怖いと思っているのに、ミミはレクシュアの顔をじっと見てしまう。

初めて会ったのは間違いないのに、ミミはずっと前から知っているような気がした。

どこかで会ったことがある？

ミミは自分に問いかけ、すぐに「そんなはずはない」と心の中で否定した。

「荷物を持っておられるか。お預かりする」

差し出されたレクシュアの手に、ミミはずっと抱きしめていた服を乗せた。そうするのが当たり前だと思った。

ダグの驚いたような表情が視界の端に入ってきて、ミミは自分の行動にぎょっとした。

なぜ言われるがまま服をレクシュアに渡してしまったのだろう。

「これまでにこちらにやってきたウォルトリアの客人たちの話から、皆、一様に、我々ルズガルト王国の者に殺されると思っているのはわかっている。だが、我々はあなた方を神からの贈り物だと思い、丁重に扱っている。過去にこちらにやってきた神の子たちは皆、こちらでルズガルト王国民たちと変わらない生活を送っている」

そうだ。ミミはここで死を迎える。そのためにやってきたのだから。

しかしレクシュアはそれを否定した。軍人たちにも同じようなことを言われたはずなのに、レクシュアの言葉だけがミミの胸にじんわりと沁《し》み込んでくる。

本当なのだろうか、という意味でダグを見ると、彼は小さく頷いた。

そうやって油断させておいて、という可能性もある。

ミミは気を引き締めた。

ヴァレレンス殿下は書類になにか書き終えると椅子から立ち上がった。

これが、謁見時間終了の合図だった。

「これからしばらく、イリゼラは我々の館に滞在する。さあ参ろう」

レクシュアがミミに手を差し出す。

決して急がず、強引に腕をつかんだりもせず、ミミのほうからレクシュアの手に手を重ねるのを待っている。

レクシュアの言葉は魔法だ。なぜか従ってしまう。殺されに行くのかもしれないのに。

ミミはおずおずと手を伸ばした。それ以外の選択肢がない、といったように、体に巻きつけられた紐を引っ張られているみたいに、レクシュアに吸い寄せられる。

レクシュアが近くに来たら、花ともお菓子とも言えないなんとも甘い香りがふわりと漂ってきた。

レクシュアの匂いだ。

初めて嗅《か》ぐ不思議な香りなのに、ミミはやっぱりこの匂いを知っているような気がする。

ミミは無意識に深く呼吸する。懐かしさすら覚える、ミミの好きな匂い。

異種族なのに。初めて会った人なのに。

レクシュアの大きな手は、とても温かかった。熱が肌を伝ってミミの心臓に届く。胸がとても熱くなり、呼吸をするのも苦しかった。

息が詰まるようなこの思いは、やはりまだレクシュアを警戒している気持ちの表れなのだろう。

「冷たい手だ。震えているな。こちらにやってきたばかりのイリゼラは同じ反応をする。あぁ、数年前に来た者だけは別だったがな」

レクシュアはそのときの光景を思い出したのか、小さく笑った。

気難しそうなのに、笑うとレクシュアはとても優しい顔になる。

「さすがシルヴルヴ。我々軍人には難しいことを、難なくやってのける」

ダグは苦笑いした。

「ウサギ科は大変警戒心が強く、臆病《おくびょう》だと言われています。今も耳が完全に寝ているので、さぞ怯えているかと思われます。慣れるまで時間が必要かもしれません。落ち着いたら、あらためてこちらからご連絡を差し上げます」

「私の目から見て、イリゼラはそなたに対して、充分に警戒心を解いているように見受けられるが……」

「左様でございますか？」

レクシュアはヴァレレンス殿下に目を向ける。

「ああ。そう時間はかからないだろう。ジェレミラ公爵には私から伝えておく」

「よろしくお願いいたします」

レクシュアたちはミミのわからない話をしていた。

ヴァレレンス殿下とダグが退出し、ミミとレクシュア、二人だけが部屋に残った。

「我々も参るか」

レクシュアに連れられて、ミミは建物の外に出た。

空ってこんな色だったのか……。

ここに来るまでの間にも見ていたはずなのに、緊張状態が続いていて頭には入っていなかったみたいだ。

雲ひとつなく真っ青な空が、どこまでも続いている。

ウォルトリアの空にはいつも雲がかかっていたし、晴れたときでももっと薄くて、灰色に近い水色だった。

天を仰いでいたミミは、目を細めた。

建物から門まで真っ直ぐ伸びる石畳を、レクシュアと並んで歩く。

ミミの未来はレクシュアの手の中にある。もしも彼らの言うことが本当で、ミミがこちらで暮らしていくのだとしたら？

ウォルトリアに帰る、という選択肢も残されているのではないか。

しかしミミは知っている。その願いが叶《かな》うことはないということを。ただ願望を頭に描いただけ。殺されずに済むのが本当なら、ミミはずっとこちらで生きていくのだ。家族も友達もいないのに。

ルズガルト王国の人と仲良くなればいいのかもしれない。でも見慣れない獣人属は怖いし、有耳属も体が大きくて威圧感がある。殺されるかもしれない、という刷り込みがミミの心から完全に消えないうちは無理だ。

ウォルトリアは小さな国だった。さすがに全員の名前を覚えるのは難しいが、だいたいどこかで見たことがある人たちだ。逆に言うと、よその村の住民もおそらくミミをその程度には認識しているはずだから、こちらで出会えたとしたら、友達になれるのではないだろうか。

今日からレクシュアたちとの生活が始まる。国の保護が必要な者たちとの暮らしとは、一体どういったものになるのだろう。

みんなにこにこしていて、笑顔が絶えない明るい家族。ミミはそういう場所で暮らしていたかった。

考え事をしながらぼうっと歩いていたため、歩くのが遅くなってしまった。それに気づいたレクシュアが、歩幅を合わせてくれる。

「イリゼラよ、そろそろ名前を教えてくれないか？」

馬車の前で立ち止まり、レクシュアが言った。

「……ミミ」

「やっと声を聞かせてくれたな」

レクシュアは、驚きとうれしさが混ざったような表情をした。近寄りがたい雰囲気を持っているが、このときは人懐っこく見えた。

「ミミ、か。いい名前だ。ミミの澄んだ声は、耳に心地がいいな」

名前とか声とか、特別にほめられた経験はない。たとえそれがミミの機嫌を取るものだったとしても、レクシュアに肯定《こうてい》されて、なんだか胸のあたりがくすぐったくなった。

見た目は強面《こわもて》だし、態度も、丁寧ではあるが素っ気ない。優しい雰囲気を持った人ではない。取っつきにくさはあるものの、ミミの中でレクシュアは、たぶん敵ではないと感じた。いや、敵であってほしくない、という願望か。

馬車に揺られているうちに、外は暗くなってくる。移動だけで一日のほとんどが終わってしまった。

急坂をぐんぐんと上っていく。

「館はとても見晴らしがいい場所に建っている。よく晴れた日はかなり遠くの山が見えたりもする。海の方角は、太陽が沈んでいく様子が毎日見られる」

レクシュアは景色の話をした。

しかしミミはぴんとこない。

生きるか死ぬかという過酷な暮らしだったし、大家族で弟妹の世話に追われていたから、着飾ったり景色を楽しんだり、といった余裕がなかった。

坂を上り切ると、門が現れた。その向こうには大きな建物がある。周囲を鉄の柵《さく》で囲われており、柵に沿って等間隔に松明《たいまつ》が焚《た》かれているのでとても明るかった。

門を抜けた先には一面の芝。門と三階建ての建物をつなぐのは、白い石畳の道だ。

館の壁は白。階段、床は石。柱や壁などはただの切りっぱなしの石ではなく模様が彫られているので豪華な建物に見える。

強い風が吹いても建物がギシギシきしんだり吹き飛ばされたり、隙間風に震えたりする心配はなさそうだ。船の大きさから見ても、技術力の高さがうかがえた。

先に馬車から降りたレクシュアが、ミミに手を差し出した。

荷物はすでに渡してあるのに、これ以上なにを？

ミミは首を傾げる。

「手を」

貸せ、と言いたいのかな？

ミミはその手に自分の手を重ねた。レクシュアに対してはひとつも抵抗感がなかった。ミミが足を地面に下ろす動きに合わせて、レクシュアの手に力が入った。そこで初めてミミはその意味を理解したのだった。

レクシュアがミミを連れて建物に向かって歩いていると、出入り口のドアが開いた。

大人たちが数人出てくる。

ここで世話になっている者ではなくレクシュアと同じ立場の人たちだというのがすぐにわかったのは、レクシュアと同じ襟の詰まった黒の長衣を着ていたからだ。

彼らに続いて小さな子供たちが次から次へと飛び出してきた。

耳の形、尻尾の形、顔。年齢も、歩けない子からミミとそう変わらなさそうな子たちまで、多種多様だ。子供が赤ちゃんを抱っこしている姿は愛らしい。有耳属と同じぐらい、獣人属もいる。

「先生が帰ってきた！」

「おかえりなさい！」

「先生！　おかえりなさいっ！」

「新しい人が来たよ！」

「ほんとだっ！　こんにちは！」

「先生、本を読んで！」

幼い子供たちがレクシュアの足にまとわりつく。彼らは皆、レクシュアを「先生」と呼んでいる。

「……先生？」

子供たちがたくさんいるとなると、まさかこの子たちも殺されるのだろうか？

ミミはまだ警戒が解けておらず、一瞬、よくない考えが浮かんできた。しかし服は綺麗だし、髪や肌も手入れされている。なによりも、子供たちの表情がすべてを物語っているように感じた。

レクシュアが先生と呼ばれていたので、ここは学校なのだろうか。

ウォルトリアにも学校はあったが、読み書きやお金の計算など、最低限の学習をする場で、生きるための知恵は親や村の身近な大人たちから学ぶ。こんな大規模ではなかった。

「ダグから説明があったかもしれないが、ここは親がいない者たちが生活している場所だ。イリゼラの館と呼ばれている」

さっきダグがそれらしいことを言っていたが、具体的な説明はなかった。このような場所であるのは予想外だ。

「シルヴルヴ家は代々、身寄りのない子供たちを世話し、教育し、子を希望する者たちの間に入り、送り出している。過去にウォルトリアから来た者たちは、初めはここで子供たちと一緒に生活しながらルズガルト王国の法律など、生活に必要とされることを勉強してもらう。その後、新しい家族の元に迎え入れられる」

「……僕も？」

「そうだ」

ミミにとってここでの生活がいいか悪いかわからないが、慣れた頃にまた別の場所に行くのは気持ち的に負担が大きい。

「ミミだけではなくここにいる子供たち全員に言えることだが、新しい家族となる者とは事前に何度か面会し、相性がよくないと判断したら別の家族を紹介する。子供を引き取りたがっている者はたくさんいるから、だいたい一年以内には家族が決まりここを出ていく。が、数年残る者もいる。いいと思って送り出しても、実際に生活してみて相性が悪ければ戻ってきてもらって、新たな受け入れ先を探す」

ぼんやりとだが、ミミは自分の状況を理解し始めていた。

レクシュアたちはずっと「危害を加えるつもりはない」と言い続けていたが、本当らしい。

こちらで生活していけるように、ルズガルト王国の者たちと接し、学び、生活できるように指導する場所。それがここ、イリゼラの館なのだ。

「ねえ、どこからきたの？」

「おなまえは？」

レクシュアにまとわりついていた子供たちは、今度はミミの周囲に集まってくる。少し大きな子たちは赤ちゃんを抱いたまま、ドアの前から興味津々《きょうみしんしん》な顔でこちらを見ている。

無垢《むく》な笑顔に囲まれ、緊張状態が続いていたミミは、体からすっと力が抜けていくのを感じた。

ミミは石畳にひざを突き、顔の高さを子供たちと同じにする。

「僕はウォルトリアから来たの。名前は、ミミ」

「ウォルトリアからのおきゃくさんだ！」

「ミミちゃん、こんばんは」

「ルズガルト王国にようこそ」

「かわいいなまえだね」

「まえにここにきたひとは、フレデリアさんちにいったんだよ。きぞくさまのおやしき。おっきなおうち」

「ミミちゃん、すごくきれい」

「ミミちゃんはまっしろだね」

「おめめがきれい」

「おみみがながいね」

「ウサギさん？」

「そうだよ。僕はウサギ科」

「ミミちゃん、いっしょにあそぼっ！」

子供たちから四方八方に服を引っ張られ、ミミは背後に立っていたレクシュアを振り返った。

レクシュアの、子供たちを見る目はとても優しい。子供たちを大切に思っている顔だ。

「遊びたい気持ちはわかるが、今はなにをする時間だ？」

「ねるじゅんび！」

「そうだ。しかし、ミミと遊びたい、というみんなの気持ちもわかる。本を読む時間を、ミミとの時間に当てるか？」

「そうするっ！」

「ミミ、少々時間をもらってもいいか？」

「……」

なにをするのだろう。

ミミは首を縦に振りながら、首を傾げた。

「ありがとう。さて、ミミの許可が下りた。が、今日は自己紹介だけで我慢だ。遊んで興奮したら眠れなくなってしまうからな。遊ぶのは明日からだ。さあ、広間に移動しよう」

「はーい！」

子供たちは元気に返事をして、一斉に、駆け足で建物の中に入っていった。

わっとやってきて、あっという間に去っていく。まるで嵐のようだ。

けれど、ミミは大家族だったから、このような騒がしさにかえってほっとする。まるで自宅に帰ってきたような安心感を覚えた。

「広間はこっちだよ」

ミミを囲んでいた子たちよりも少し大きな子供たちが、ミミの手を取って広間へと案内してくれる。

出入り口の扉の横の壁に、さっきレクシュアが言っていた「イリゼラの館」という文字が彫られていた。

イリゼラ。つまり、神様の子。レクシュアは神官の長で、彼の元で身寄りのない子供たちが育てられている。ようやくレクシュアの立場や、ミミがこの場所に連れてこられた意味を理解した。

レクシュアと二人、あるいは獣人属や大きな体の大人たちしかいない環境だったら、ミミはどうなっていただろう。

先が見えないこんな状況では楽観的になれないが、小さな子たちの存在は、ミミの気持ちを少しだけ軽くしてくれた。

「ラランはどこだ？」

「お部屋まで呼びにいったけど、出てこなかったの」

「返事もしてくれなかったよ」

「警戒心が強いから仕方あるまい。新しい子たちが来るたびに部屋に引きこもってしまうからな」

広間に向かっている途中で、レクシュアはミミに言った。

「ラランは、ウォルトリアの者だ。三年ほど前だったか、こちらにやってきて以来、ここで暮らしている」

「ラランっ？」

「知っているのか？」

「顔と名前ぐらいは。小さい国だったから、人柱に選ばれるような人の顔と名前はみんな知ってます」

ララソはネコ科の有耳属、サーバルキャットの耳と尻尾を持つ少年だ。

三年前、馬車に乗って海岸へと向かうラランを、ミミは沿道から見ていた。

不機嫌そうな顔をしていたように思う。周りの人たちがみんな笑顔で手を振っているのだから応《こた》えてあげればいいのに、と当時のミミは思ったし、険《けわ》しい表情のラランを怖いと思った。

しかしいざ自分がその立場になった今ならば、あのときのラランの気持ちはよくわかる。ラランはきっと、怖かったのだ。

ミミだって海岸に向かって馬車に揺られている間、周囲に笑顔を振りまく気持ちの余裕なんてなかった。

まさかこちらでこんなにも早くウォルトリア国民と出会えるとは思ってもみなかった。

概《おおむ》ね一年以内に新しい家族が決まる、とレクシュアは言っていたが、ラランのように三年もここに残る場合もあるようだ。

「ラランはどんな性格ですか？」

ウォルトリアの話がしたいし、同郷ならばわかり合える部分はきっとあるはずだ。

「ラランちゃんは怖い！」

「いつも怒ってる！」

「お客さんが近づこうとすると、尻尾が太くなって、シャーッて言う！」

した。

「すぐ手が出る！」

ラランを知る者たちから次々に出てくる人物像から、気軽に近づいてはならない存在のような気がした。

「手が出るのは、ネコ科だから仕方あるまい」

ラランのあまりの言われように、レクシュアが付け足す。

「気性が荒いのは事実だが、暴れ回ったり、ということはしない。気まぐれだし、口が悪いから、子供たちは怖く感じてしまう部分があるのかもしれない。だが子供にはぜったいに手を上げたり威嚇《いかく》したりしない。尻尾を思い切り踏まれようと、じゃれつかれた拍子に全力で噛みつかれようと、体の上で飛び跳ねられようと、顔に伸しかかられようと、じっと我慢している」

「子供には優しいんですね。僕、ラランと仲良くなれますか？」

「ああ、もちろん。ラランと上手くやっていくコツを伝授する」

レクシュアは真顔で言うから、ミミは身構えた。

ゴクリと喉《のど》を鳴らしたミミに伝えられたのは、思いもよらないものだった。

「完全に無視する」

「無視？」

仲良くするのと真逆の行動を教えられてミミはぽかんとする。

「ああ。仮に視界に入ったとしても、目を合わせせない。顔も向けない。ラランから話しかけてくるまで、興味はない、という態度を貫くんだ。簡単だろう？」

たしかに簡単ではあるが、簡単ではない。

「無視なんて、そんな失礼なこと……」

「数年間共に暮らしてわかったのだが、ラランはとにかく構われるのが大嫌いだ。無関心でいてくれる者を好む傾向にある」

同じ国で暮らしていた人がそばにいるのだから、できれば仲良くしたい。気性が荒いとか気難しいとか、色々あるかもしれないが、わかり合える部分はきっとあるはずだ。

もしもラランと出くわしたとしても、怯えたり驚いたりせず、目を合わせず、無視する。とミミは自分に繰り返し言い聞かせた。

いつ出会ってもいいように、と心の準備をしていたが、その日、結局ラランの姿は見られなかった。


出入り口の近くにあった広間を出て、奥のほうへと進んでいく。子供たちの安全を考えて、居住空間は出入り口から遠い場所にあるそうだ。

幼い子供たちは転落事故などを回避するため一階、ある程度大きくなってきた子たちは二階。それぞれの部屋に数人ずつ一緒に眠る。職員たちは、三階にそれぞれ個室を持っている。

ミミの部屋は、三階にある大人たちの部屋の並びにあった。階段を上がって左に曲がり、廊下の突き当たりのドアをレクシュアが開いた。

「今日からここがミミの部屋だ。足りないもの、こうしてほしい、といった要望があったら、遠慮なく言ってほしい。可能な限り用意する」

部屋に明かりを用意しておいてくれたので、かなり明るい。

蠟燭《ろうそく》の炎に照らされてキラキラ光るドアノブや、ベッドの飾り、机や椅子はただ木を打ちつけただけではなく、脚の部分に植物の絵が刻まれているなど、どれもこれも綺麗だ。

……すごい。この部屋に、ウォルトリアの僕の家が丸々入ってしまいそうだ。ここが僕だけが使う部屋？　なんでどこもかしこもこんなに天井が高いんだろう？

ミミは落ち着かなくて、部屋中をきょろきょろ見回す。

本棚に、見覚えのある題名の本をいくつか発見した。

ミミはそのうちの一冊に目をとめ、思わず手に取った。「赤の刻印」にまつわる物語だった。

愛し合う二人の、結ばれない悲しい話。寝る前に両親がよく聞かせてくれた昔話のうちのひとつだ。たぶん、ウォルトリアの人は全員知っているのではないか。それぐらい当たり前のように聞いていた、古くから伝わる物語。

「それは、かつてここで生活していたウォルトリアの者たちが残していったものだ。程度の差はあれど、どこの国にも似たような伝承があるのは興味深い。そのあたりにある書物は、すべて彼らによって転写されている。ミミもなにか書物を持ってきているのであれば、来年以降やってくるウォルトリアの者たちのために書き残すといい。これらのように綴《と》じて本にしよう」

先人たちは、二度と戻れないウォルトリアの空気を少しだけでも残していってくれようとしたのだろうか。

ルズガルト王国に来た者たちは、行動を制限されることなく、自由に過ごせていたのだろうか。今は新しい家族と暮らしている人がほとんどだそうだが、皆、ウォルトリアに帰りたいとは思わないのだろうか。

「着替えはその棚に入っている。昼間ミミから受け取った服も一緒に置いてある。ウォルトリアと比べるとこちらはかなり温かいので、ミミが持ってきた衣服の出番はないかもしれない」

レクシュアは部屋の片隅に運び込まれていたミミの荷物を指差す。

「ミミの持ち物をこちらで勝手に収納したら、どこになにがあるかわからなくなってしまうだろう。だから片付けはミミ自身に任せる。手伝いが必要なら遠慮なく言ってくれ」

ミミはレクシュアの言葉を聞きつつ、意識はあさってのほうだ。

こんな大きな寝台、見たことない！　すごい！　弟と妹、六、七人と一緒に眠れそうなぐらい大きい。

快適な暮らしを、と気遣ってくれているのだろう。空間を大事にする種族ならばこの部屋はとても居心地がいいのだろうけれど、ミミには広すぎて、落ち着かない。

「部屋は暗くするか？」

レクシュアは手に持っている蠟燭を小さく持ち上げる。

慣れない場所で耳だけを頼りにするのは不安だから、ミミは首を横に振った。

「承知した。部屋の明かりはこのままにしておく。今日は疲れただろう。今夜はゆっくり休むといい。おやすみ、ミミ。いい夢を」

「……おやすみなさい」

ミミの小さな声は、果たしてレクシュアに届いたのか。

レクシュアは表情を変えず、部屋を出て行った。

「はぁ……」

ミミは長いため息をつく。

船に乗っていただけだし、移動は馬車だったから、疲れてはいない。しかし不安と恐怖、孤独の中で耐えた時間は、ミミの心に相当な打撃を与えていたようだった。そういう意味では、精神的に疲れているかもしれない。

気持ちが高ぶってしまっていて眠れそうにない。だからといって本を読む気分でもないし、夜なので周辺の散策もできない。

結局、することがないので、ミミは靴を脱いで寝台に上がってみた。

「広くて落ち着かないよ……」

ミミは天井を向き、両手両足を広げてみた。人にも壁にもぶつからない。

ほのかな蠟燭の明かりで、天井の蔦《つた》のような模様が見える。

広間に集まった者たちは、子供と働く大人たちと合わせて、二、三十人ぐらいいるように見えた。

ここの子たちはすぐに引き取られていく、とレクシュアが言っていたので、名前と顔を覚えたのにすぐにお別れになってしまう場合もあるのだろう。

まずは全員の名前と顔を一致させることから。

「レクシュア……」

最初に会ったレクシュアの名前だけはしっかりと覚えた。

「ここで暮らしていくのか……」

ミミは殺されずに済んだ。

いまだに実感はないが、子供たちの存在が、ミミの考えを変えるきっかけとなった。彼らが突然ミミの前に現れて、ミミに笑顔を向けてくれた。話しかけてくれた。たったそれだけで、ここが安心できる場所なのだと確信したのだ。

ウォルトリアから来た者を子供たちと一緒に世話するのは、ひょっとしたらそういう意味もあるのかもしれない。警戒心むき出しの者の心を解きほぐすには、無垢な子供たちがいる環境というのは効果的だと思う。少なくともミミには抜群の効《き》きめだった。

ミミは横向きになり、小さく丸まる。

やっぱり落ち着かないのだ。

何度か体勢を変えてみたが、どうもしっくりこない。

厚みと弾力のある敷物に、ほとんど重さを感じないふわふわな上掛け。布は肌ざわりがよく、触ると気持ちがいい。きっと極上のものなのだろう。けれど、ミミには寝心地が悪かった。

ふと、寝台と壁の間に狭い隙間を見つけた。ミミは上掛けを体に巻きつけてそこに入り込んでみる。

窮屈ではあるが、こっちのほうがずっと落ち着く。

ひざを抱えて座り、額をひざ頭に乗せた。

ミミは、ルズガルト王国ですぐに猛獣に食べられてしまうのかと思っていた。そのための人柱だったはずだ。ウォルトリアの者たちは皆、人柱はそういう結末を迎えるのだと今でもずっと信じている。

それとも信じているふりをしているだけで、ルズガルト王国なんて本当はなくて、船が転覆するか、食糧が尽きて海の上で骨となってもなお漂流し続けるのだ、と思っているかもしれない。少し前のミミだって、そう思っていたのだから。

しかし、違った。思っていたよりも、ずっとマシだった。ただそれは「死」と比べて、というだけの話だ。

命は助かった。それは感謝すべきだ。

でも、助かったと思ったら欲が出てきてしまう。

「お母さんたち、きっとすごく悲しんでるんだろうな……」

帰りたい。でも帰れないなら、せめてミミは殺されずに済んだ、ということだけでも伝えたい。そうしたら、ミミを送り出した家族の悲しみは、少しは癒えるに違いない。

両親の顔、弟や妹たちの顔を一人一人、頭に思い描いていく。幼児の頃に亡くなってしまった弟妹も、ミミはちゃんと覚えている。

生まれたばかりの子たちはもとより、五、六歳ぐらいまでの弟妹はきっと、ミミの顔だけでなく、ミミという兄が存在していたことすら忘れてしまうのだろう。

「悲しいなぁ……」

その言葉を口にしたら、ミミは本当に悲しくなってきた。

今までずっとひとつの部屋で兄弟全員と眠っていたので、こんな広い空間で一人で過ごすなんて、経験がなかった。ミミの家は常に子供の明るい声に満ちていて、ざわざわしていて、それは夜、眠っているときも同じだ。寝返りで蹴《け》られたり腕がぶつかったり、朝早く目覚めた子に起こされたり。

一人の部屋がほしいな、と思った時期もあったが、今、同じ質問をされたら、ミミは拒否する。狭くても、熟睡できなくても、ミミはみんなと一緒がいい。

「……っ」

吐息が震える。

人柱に選ばれた日も、家族との別れの場面でも、船に乗ってからも、ミミは考えないようにしてずっと堪《こら》えてきたのに。

死は怖かった。しかし、つまりそれは神様の元に向かっているということなのだ。だから悲観したり世の中を恨んだりせず、無理やり前向きに考えるようにしていた。

けれど、結局ミミは神様の元にはたどり着かなかった。死に怯える必要はなくなったのだ。

急に心が乱れたのは、ほっとしたからだ。ちょっと気が緩んだだけ。

これから自分がどうなっていくのか、どうするべきなのか。考えなくてはならないことばかりで、安心している場合ではないのだから。

上掛けに顔をこすりつけて、目にわずかににじんだ涙を拭《ぬぐ》った。

ここ数日、あまりにたくさんの出来事が起こりすぎて、ミミはずっと動揺しっぱなしだ。こちらの生活に慣れてくれれば、気持ちも落ち着くだろう。

でも、今はなにも考えたくない。

ミミは丸まったまま横になり、目をぎゅっと閉じた。

しばらくすると、しんと静まり返った建物内で、足音が聞こえてきた。

耳がぴんと立ち上がる。

生活の音なら聞き流していたのだが、ミミの部屋のほうに近づいてくるので、無意識に耳がそちらの方向を向き、音を拾おうとしている。

足音で相手を判別できるほどの情報量は、まだない。ただ、歩き方や靴の音から大人の男性だろうということだけはわかった。

大人たちの部屋が三階にあるので、ここで働いている者たちのだれかなのだろう。

しかし、ミミの部屋は三階の一番奥。この先に部屋はないのに、足音がミミの部屋の前に差し掛かった。そして、足音が止まる。

……だれ？

皆が寝静まる時間帯に、ミミに用事がある者なんていないはずだ。

ミミは寝台の陰から顔を半分だけ出し、怖々と扉のほうを見る。

ここはきっと安心できる場所。頭ではそう理解しているつもりだ。しかし心のどこかでまだ殺される可能性を捨て切れていないのかもしれない。

耳はすっかり寝てしまい、体が小刻みに震え始める。

廊下にいるだれかが、部屋の扉を叩いた。

「……っ！」

ミミは隙間に身を隠した。

「ミミ、寝てしまったか？」

レクシュアっ？　なぜ？

そう思うのと、言葉が口から出てくるのと、ほぼ同時だった。

「起きてますっ！」

「起きていたか。開けるぞ」

蠟燭の明かりに照らされたレクシュアが、扉の隙間から顔を覗《のぞ》かせた。

目尻が上がった精悍な顔、大きな体。こんな夜更《よふ》けに外で遭遇したら、ミミは飛び上がって逃げ出してしまうだろう。しかし今はただ、その姿にほっとする。

「……」

寝台の陰で、上掛けにくるまり目から上だけ出しているミミを見て、レクシュアが面食らったような顔をした。

「なぜそんな狭いところに……。息苦しくないのか？」

レクシュアは寝台に上がり、ミミのそばまでやってきた。完全に垂れ下がっている耳を見て、ミミの状況は把握したようだ。

「ミミ、なにに怯えているのだ？」

ミミは隙間に挟まったまま、レクシュアを見上げる。

「ウォルトリアからやって来る者は、性格が様々だ。我々も、出会った当初はどのように対応すればいいのかわからず、毎度頭を悩ませている。来たばかりで怯えているミミを一人にしてやったほうがいいのか。しかし先ほど、子供たちと出会った瞬間ミミの表情が明るくなり急に私とも話すようになったから、子供たちがそばにいたほうがいいのか」

レクシュアがミミに手を伸ばす。

大きな手が頭の上に来たとき、蠟燭の明かりが遮られて、ミミの顔に影がかかった。そこで我に返ったミミは、ぎゅっと目を閉じ、身をすくませる。

「触れてもいいだろうか」

固まったまま動かないミミの頭に、レクシュアがそっと手を乗せた。

初めは鳥の羽が肌をかすめるような繊細さで。緊張を解きほぐすように、耳と一緒に何度も頭をなでた。

「ウォルトリアを出てルズガルト王国にやって来るまでの間、さぞや怖かっただろう。孤独だっただろう。そういう思いを乗り越えてたどり着いたミミには、幸せになってもらいたいと思っている」

幸せ？

頭に乗せられた手が温かくて、大きくて、レクシュアの言葉が優しくて、感情が押し出される。意図せず、ミミの大きな目からぼろぼろと涙がこぼれ落ちた。

「私に怯えているのか？」

「違っ……」

ミミは思い切り首を左右に振った。

否定されてほっとしたのか、レクシュアの表情から戸惑いが消える。

たしかにミミは獣人属にだったり、ルズガルト王国民の体の大きさにだったり、見ず知らずの者たちに囲まれたりするたび、常にびくびくしているのは間違いない。この先自分がどうなるのかわからない、という不安もある。

レクシュアは一度隙間に下りて、ミミを上掛けごと抱きしめた。

ミミの好きな香りがふわりと漂ってきて、ミミは息を吸い込む。

レクシュアはミミを抱き上げ、寝台の上に移動させた。そのまま放置せず、ミミをふわっと抱いたまま。

ミミの頭をなでる手が、とても優しかった。レクシュアは気持ちを落ち着かせようとしているのか、子供をあやすみたいにとんとんと背中を軽く叩く。

「う……っ」

レクシュアの手があまりにも優しくて、ミミは声を上げて泣いた。

ミミはずっと堪えていた。ウォルトリアという極寒の地は生きるにはとても厳しかったが、ミミにとっては大切な故郷だ。そこには大好きな家族や友人たちがいる。けれどミミは二度と会えないのだ。ウォルトリアに伝わる伝承のように、ルズガルト王国に着くや殺されてしまっていたら、こんな悲しい思いはしなくて済んだのに。

大切な人たちの笑顔が頭の中に次々と浮かんでくるのが苦しい。

レクシュアは声を上げて泣きじゃくるミミを広い胸に寄せた。

ミミが小さいとき、両親がよくそうしてくれた。大好きな両親にぎゅっとされるのがうれしくて、泣いていても悲しい気持ちはすぐにどこかに飛んでいってしまうのだ。だからミミに弟や妹が生まれると、次はミミが幼い弟妹たちにぎゅっとしてあげた。逆にミミが落ち込んでいるときには、弟妹た

ちが同じようにしてくれた。

信頼できる相手ではなく赤の他人だったとしても、優しく抱きしめられたら気持ちは落ち着くみたいだ。

ミミはレクシュアの長衣を強く握りしめる。

手を離したらきっとレクシュアはこの部屋から出ていってしまう。なにか知りたいことがあるとか、話が聞きたいとか、特別な話はなかったが、レクシュアにはここにいてほしかった。

「ウサギ科が来たのは初めてだ。ミミが泣いているということは、我々の対応が間違っていたのだろう。どうしてほしいのか、逆にしてほしくないことを教えてくれ」

レクシュアが話すと、胸元に頭を寄せているミミの耳に低い声が響いた。落ち着いた重低音が心地いい。

「遠慮は無用だ。たとえばミミも知っているララン。彼は広さと高さのある部屋に、寝心地のいい寝台を要求した。そして住みやすいように自分で部屋の中を整えていった。自室にはぜったいに他人を入れないし、外にいても木の上や建物の上で過ごしていて、いつも一人だ。何年経ってもだれにも心を開かないが、それも彼の性格だ。ラランと同じように、ここではミミの過ごしやすいようにしてほしいし、我々も、ミミが快適だと思える環境を作りたい」

レクシュア個人で行っているのではなく国が関わっているようだから心配はないのだろうけれど、一人の人間に不自由のない生活を送らせるためにはお金がかかる。かなり国力が高いと思われるので、年に一度やってくるウォルトリアの人柱の世話ぐらい、どうということはないのだろうか。

「……どうして、こんなによくしてくれるんですか？」

「死ぬのを大前提として送り出されただけでも相当恐ろしかっただろう。そして死なずに済んだはいいが、お金も仕事も家もない知り合いもいないという右も左もわからない異国で、一人で好き勝手に生きていけ、ともしもミミが言われたら、あまりに厳しい環境だと思わないか？」

レクシュアの言葉は的確で、ミミは腕の中で頷いた。

「ウォルトリアからの客人たちが少しでも快適に過ごせるように、早くルズガルト王国に馴染《なじ》めるように、そのためにどうすればいいのか、と我々は考えた結果、現在に至っている。ラランのように本人が望まない場合もあるが、貴族に引き取られて新しい家族の一員として不自由のない生活を送っていて、皆、幸せに暮らしている。できれば、人柱など必要ない、我々はウォルトリアを襲撃するつもりがない、と伝えたいのだが」

もしもそれができるなら、ミミのように、先にこちらに来た者たちのように、人柱に選ばれてつらい思いをしたり悲しんだりする家族もいなくなるのに。

「来たばかりでこちらでの勝手がわからないのに、こうしてほしい、というのはまだ思いつかないかもしれないな。生活していくうちに出てくるだろうから、そのときはいつでも言ってくれ」

「……」

ミミは鼻をすすりながらまた頷いた。

「ミミ、なぜ泣いていたのか、教えてくれ」

大泣きしていたミミが落ち着きを取り戻すのを待って、レクシュアが言った。

声に抑揚がなく淡々としているのに、遠慮せずに打ち明けたくなる。

黒い長衣の胸から顔を離し見上げると、レクシュアが涙と鼻水でぐちゃぐちゃになっているミミの顔を拭ってくれた。その布からもまた、レクシュアの甘い匂いがした。

「……部屋が大きすぎて、静かすぎて、寂しいんです。それに、家族にもう会えないんだなって思ったら……」

ミミは消えそうな声で言った。

ミミぐらいの年齢になると、結婚する者が増えてくる。同世代の友人たちに子供が生まれていたりもするので、子供っぽい言い分である自覚はある。

呆《あき》れられてしまうかもしれない。

ミミはびくびくしながらレクシュアの反応を待った。

「そうか。それはすまなかった」

レクシュアの言葉は、ミミの想像していたものとは違った。

「大人たちの部屋は個室だ。どこかの部屋にミミの寝台を入れて対応しよう。それとも、子供たちの部屋がいいか？」

さっき会ったかわいい子供たちと一緒にいられるなら、ミミもうれしい。しかし子供の集団に大人が入ったら、子供たちは眠らないのではないか。興奮してしまうという話を、さっきレクシュアがしていた。

「どちらにせよこの時間では寝台を動かせないから、今夜は私がこの部屋で過ごすがよいか？　私の部屋に移動してもいいのだが、汚いから、客人を迎えるのに適してはいない」

レクシュアは少し恥ずかしそうに言った。

それをごまかすためか、レクシュアは立ち上がって部屋中の蠟燭をすべて消した。

すると大きな体は輪郭を失い、暗闇の中に溶け込んでしまった。

レクシュアが長衣を脱ぎ、椅子かなにかに掛けた音がした。

ミミは耳に意識を集中させ、足音や衣擦《きぬず》れの音でレクシュアの動きを追う。

ガタっと音がして、細い光が隙間から部屋の中に差し込んできた。レクシュアが壁の木の戸を開けたのだ。

「今宵《こよい》は月明かりが綺麗だ」

夜のひんやりとした空気が流れてくる。寒すぎず、気持ちのいい涼しさだ。上辺が弓形を描く窓から、たくさんの星が見えた。

月の光を背に、レクシュアが寝台に戻ってくる。

長衣の下は白い肌着を着ていたので、月の光がそこに反射して顔がよく見えた。

寝台に上がったレクシュアは上掛けを持ち上げた。

妙に気持ちが高ぶっていて、眠れないだろう。けれどミミと違ってレクシュアには明日も仕事があるのだから、寝る努力はする。

ミミが寝台に寝転がると、レクシュアが上掛けをかけてくれた。

隣に横たわったレクシュアに、ミミは身を寄せた。弟妹たちといつも寄り添って眠っていたから、そうするのが当たり前だった。

レクシュアは何度かミミの頭をなでてから、腕をミミの背中に回した。

すり寄せた頬《ほお》に触れているレクシュアの胸がゆっくりと動いている。頭の上のほうでは規則正しい呼吸が聞こえる。

それらを体に感じていると不思議と気持ちが落ち着いてきて、ミミはうとうとし始める。

レクシュアともう少し話がしたいな……。

頭ではそう思っているのに、ミミの意識は深く沈んでいった。


「あーっ！　先生と寝てる！」

「いいな！　私もミミちゃんと寝たい！」

子供たちの声にはっとして、ミミは目を開けた。

胸の上にレクシュアの腕が乗っていて重たかった。けれど眠っている間、ずっと守られていたようにも思える。

ぼうっとしながら体を起こすと、子供たちが次々に寝台に上がってきた。敷物が揺れてレクシュアも目覚め、上半身を起こした。すると子供たちはレクシュアのひざや肩に登っている。黒髪がぐちゃぐちゃだ。

開けっ放しにしたままの窓から朝の柔らかな日差しが射し込み、寝台を明るく照らしている。

「人の部屋に勝手に入ってはいけない、という約束は守らなくてはならない」

「扉をたたいて声をかけたよ？」

「おへんじなかったけど」

「返事がなかったら開けてはいけないだろう」

「だって……」

「早くミミちゃんと遊びたかったんだもん」

「ミミちゃん！　ごはんだよっ！」

「ミミちゃんっ！」

「ミミちゃん、おみみがたってるっ！」

ドアが開いていたものだから、次から次へと子供たちが部屋に入ってくる。彼らの足音や声を聞き取るために、ミミは無意識に耳を立てていたみたいだ。

「一度、静かにしなさい」

「……」

レクシュアの一声で、子供たちは皆そろって両手で口を押さえた。

その仕草がかわいらしくて、ミミも彼らを真似《まね》て手で口を覆った。それを見た子供たちがにこにこしている。ミミと子供たちで目だけで会話しているみたいで、ミミはなにげない穏やかな日常を取り戻したような気持ちになれた。

「おはよう」

レクシュアが朝の挨拶《あいさつ》をした。

「レクシュア先生、ミミちゃん、おはようございますっ！」

「みんな、おはよう」

ミミの顔には自然と笑みが浮かんでいた。

「ミミと遊ぶのは午後からだ」

「えーっ！」

みんな不満そうな声を出した。

「ミミがここでの生活に早く馴染めるように、午前中は町を案内する。わかった子は広間へ。食事の時間だ」

「はーいっ！」

小さい子は大きな子に抱っこされ、子供たちが一瞬にして消えていく。

「みんな、かわいいなぁ……」

ぽつりと独り言をつぶやいたミミの言葉を、レクシュアが聞いていた。

「ミミは子供が好きなのか？」

レクシュアは寝台から下り、長衣を着ながら言った。

「好きです」

「やはりそうか。昨日、子供たちと会った瞬間に警戒心が薄れたように見受けられたが、気のせいではなかったようだな。子供たちに話しかけられて耳が立ち上がり、ミミが笑顔になった。今もな。いい表情をしている」

そう、……なのかな？

ミミは自覚がなくて、両手で自分の頬に触れた。

「子供は好きだし、うちがそういう環境だったんです。兄弟の中で僕が一番年上で、下に弟と妹が十八人いるんです。小さい頃に病気とかで亡くなってしまった子もいて、その子たちも入れたら二十一人。みんな一緒の部屋で寝てて、すごく窮屈だったんだけど、それがとても大切な時間だったんだなって、今になって思います。朝から晩まで家の手伝いや弟や妹たちの世話をしてて、うちは本当に賑やかで……」

「そんなに兄弟が多いのか。ここととあまり変わらないな。ならば、この部屋が寂しいと感じてしまうだろう」

レクシュアはちょっとびっくりした顔をしている。

オオカミ科はそんなに子供を産まないのかな？

「日中は、子供たちと一緒に過ごすか？」

「いいんですか？」

思いがけない提案に、ミミの声が弾んだ。

「遊び相手になってもらえれば、子供たちもうれしいだろう。ただ、一緒にいると雑用もしなければならなくなるだろうし、結果的に遊ぶだけでは済まなくなってしまうが」

「問題ありません。着替えを手伝ったり部屋を片付けたりとか、そういうことだと思いますけど、家でやってたことと同じです。僕、そういうのだったら得意です」

「そうか。それならぜひお願いしよう。こちらとしても、大人の手が増えるのはありがたい」

「こちらこそ、ありがとうございますっ！」

うれしさのあまり、ミミは着替え途中だったレクシュアに駆け寄り、ぴょんと飛びついた。かなりの勢いがついていたものの、屈強な体はびくともせず、ミミの体重を支えた。

レクシュアはミミの背中を抱く。

「やっと私にも笑いかけてくれたな」

レクシュアはミミの頬をなで、目を細めた。

たとえば生まれたての赤ちゃんを見ているときのような、レクシュアはとても優しい表情でミミを見下している。

レクシュアはいつも大勢の子供たちと一緒に過ごしているせいか、頭をなでたりミミを見る目だったりが、時々、幼い子供と接するような態度になる。

ルズガルト王国の人たちと比べると小柄なせいか、子供に見えてしまうのかもしれないが、ミミはそろそろ結婚が可能な年齢で、完全な大人ではないが子供でもないので、幼い子を見るような目を向けられると少し恥ずかしい。

新しい人生はまだ始まったばかりだ。不安で目の前は真っ暗だが、ミミが進むべき道はきっと、レクシュアが示してくれる。


午前中、レクシュアが町に連れていってくれることになっている。朝にやらなければならない仕事があるそうで、ミミは朝食の後、庭を散歩しながらレクシュアを待った。

建物を取り囲む鉄の柵の内側には、所々に大きな木が植えられている。深い緑色の葉が生い茂り、芝の上に日陰ができている。

ミミは色とりどりの花が咲く美しい花壇に近づいた。赤や桃色、白、黄色、橙《だいだい》色、紫。とても綺麗だ。ミミの知らない花もある。

花に顔を近づけて匂いを嗅いだり、葉に止まっている虫の動きを観察したりしているとき、急に鳥肌が立った。殺気ではないが、不穏な気配を感じ取ったのだ。

周囲を見回しても、木の上にも、だれかがいるようには感じなかった。

しかしよくよく目を凝らしてみると、高い位置にある木の枝から、尻尾が垂れ下がっているのが見えた。黄色と黒の縞《しま》模様に近い柄。

――ララン?

尻尾の先が小さく動いている。機嫌がいいのかイライラしているのか、ミミには判別できない。

声をかけたかった。ルズガルト王国にたどり着いてからの三年間、どのような暮らしをしてきたのか。こちらの生活はどうか。共通の友人がいないか。同郷のラランに聞きたいことはたくさんある。

しかしミミは気持ちを抑え、唇をぎゅっと結んだ。

あちらから声をかけてくるまでは無視する。

ミミは木に背中を預け、レクシュアのいる建物を眺める。

「レクシュア、早くこないかな」

風はまったく吹いていないのに、時々、木の葉がざわざわとざわめく。また、ミミの視界の端に尻尾の先がちらちらと入り込んできたりもしている。

ラランはミミに気づいてほしいのだろうか。

そう思わせる動きを、さっきからラランがしているのだ。

そのうち上から飛び降りてくるのではないか、その前にミミが音《ね》を上げて木の枝を見上げてしまうか。

ぜったい見ちゃう……。レクシュア、早く出てきて。

ミミは建物に向かって願った。

「ミミっ！」

願いが届いたのか、レクシュアがようやく建物から出てきた。

「レクシュアっ！」

これ幸いとばかりにミミは木から離れ、レクシュアに向かって一直線に走っていった。

「どうした、そんなに急いで」

「ラ、ランが、木の上に、いて……。たぶん」

呼吸が整わないまま、さらにラランの耳に届かないように小声で話しているから、ミミの言葉は途切れ途切れになる。

「二日目にしてラランのほうから近づいてきたか。ミミは好かれているのかもしれないな」

「まだ、話もしてないのに？」

レクシュアはミミを連れて門に向かった。用意されていた馬車に乗り、向かい合わせで座る。

「去年、一昨年と、ウォルトリアからの客人がやってきたとき、ラランは数十日、姿を見せなかった。

幼い子供たちに対してはそこまでではないのだが、それでも数日は様子をうかがっている。相手が大人だと警戒心が露《あらわ》になる」

「ラランの気持ちはわからないけど……」

と前置きした上で、ミミは考える。

「僕も体が大きかったり獣人属だったりはちょっと怖いです。ラランもそうなのかなって思います。僕みたいにラランと同じ立場の人が来ると、自分と比較されてしまうのが嫌なのかもしれないです。ラランは一度ここを出ていったのに戻ってきたから。気にしてないように見えて、本当は気にしてるのかもしれません。じゃあなんで僕をあまり警戒してないのか、っていう答えにはならないんですけど」

「ミミの推測が正しかったとして、ラランもようやく気持ちが落ち着いてきたのかもしれないな。こちらとしては無理やり追い出すつもりはないが、いつも騒がしくて入れ替わりの激しいここにずっといるよりも、寄り添って一緒に生きていける相手がいたほうがいいと思っている。が、それも本人が望んでいないのだから、ラランはあのままでいいのではないか」

だったらミミも無理にここを出ていく必要はないのでは？

ミミは喉《のど》まで出かかった言葉を飲み込んだ。

馬車がゆっくりと走り始める。

昨晩は暗くて景色がわからなかったが、小高い丘から見下ろす風景は、緑が豊かな大地だった。真っ青な空、黄金色の畑。ここには鮮やかな色が存在している。

真っ白な雪と灰色の空のウォルトリア。世界中、どこも一年を通して寒くて、いつも雪が降っているのかと思っていた。

「こんな世界があるなんて知らなかった……」

「ウォルトリアは雪国で、過酷だと聞いている」

「生まれたときからずっとそうだったからなんとも思わないんですけど、ルズガルト王国のように暖かくて、どこにでも果物が生ってて、畑もたくさんあって、なにもかもが豊かな国を見てしまうと、同じ世界の中でなんでこんなに差があるのかなって思ってしまいました」

「ウォルトリアの状況を聞いているから、我々としても物資を提供するなど、過去には考えたこともあったそうだが」

「でも、しなかったんですか？」

ルズガルト王国の者たちがやってきた、という話は聞かないし、過去の記録にも残っていない。

「そうだ。ただ、しなかったというよりも、できなかったというのが正しい」

「どうしてできなかったんですか？」

「過去に何度も船を出している、という記録が残っている。帰りたいと泣くウォルトリアからの客人を送り返そうとしたこともあった。しかし、なぜか船はウォルトリアにたどり着かない。ウォルトリアからイリゼラがやってくるのも年に一度だけ。過去にたどり着き、さらに戻ってきた者がいないから、正確な方角や距離も把握できていない」

「理由はわかりますか？」

「推測でしかないが、おそらく海流の問題だろう。ウォルトリアからの客人がやって来る日の前後に、試しにこちらから船を出したこともあったのだそうだ。だが、船は海の上をさまようだけで目的地には着かない。遭難する場合も多々あったし、そのたびに大きな損害が出るから、ウォルトリアに向かう船を出すのを止めたのだそうだ」

「ウォルトリアには、過去に一人だけルズガルト王国から戻ってきたと言われている人がいるんです。大昔の話だし、本当かわからないですけど。でも彼の証言がきっかけで、ウォルトリアはルズガルト王国に人柱を立てることになりました。だからきっと本当だと思うし、ここからウォルトリアに行けないことはないと思うんです」

「過去にこちらにやってきた者たちからもその話は聞いているが、皆、ミミと同じことを言っている。帰還した者から話を聞いたのが人柱の歴史の始まりだ、と。そしておそらくその人物だろうと思われる当時の記録がルズガルト王国にも存在している。ただし初代が書き記したとされる書物については焼失してしまった。初代の記録を実際に見たことのある者が、記憶を頼りに書き留めたものはある。ただし初代の書は焼失したことと、伝聞である、という旨《むね》も合わせて記されている。もしもそれが本当だとするなら、そちらとこちらで内容に差がある。初代から先代までの記録はミミの部屋の本棚にも入っているから、時間があるときにでも読んでみるといい」

レクシュアは初代の本について、簡単に説明してくれた。

「初代の書に書かれていた内容はこうだ。ガリガリに痩せ細った粗末な衣服を着た者たちが海岸に打ち上げられていた。衣服や船の造りから、よその国からやってきた者たちであるのはすぐにわかった。意識がない者が三人、意識がある者が一人。意識がない者は近くの民家に運び手当てをし、意識がある者には食糧や水を提供した。言葉は通じた。男はひどく怯えた様子で、食事には手をつけなかった。厳しい環境である国ならばルズガルト王国に来たらどうかと提案したが、意識があった者はいつの間にか船と共に姿を消していた。意識がなくルズガルト王国に取り残された者たちは、意識が戻らないまま数日の間に全員死亡した、とされている。こちらに取り残された三人の墓もある」

「お墓はどこにあるんですか？」

「イリゼラの館の庭、建物から少し離れているが、敷地の中にある。行きたいのであれば案内しよう」

数百年前にやってきたウォルトリア人をきちんと埋葬し、墓まで作っていたなんて、驚きでいっぱいだ。

「大昔の話だし、当時を知る者がいない以上、どちらが本当かを証明するのは困難な作業だ。真実はわからないが、両国間に残っている記録から推測するに、戻ったという記録がウォルトリアにあるなら、彼が無事に帰国できたのは間違いないのだろう。食うに困っているのであればこちらに来たらどうだ、という我々の提案が、もしかしたら相手には強制として伝わった可能性はある」

「怖い思いをしたのか言動が支離滅裂だった、という記述がありました」

「ウォルトリアからの客人に共通するのは、非常に警戒心が強いという点だ。そして臆病。厳しい環境がそうさせているのかもしれない。記述によると、当時、彼もまた相当怯えていたそうだから、ウォルトリアの記録に残っている彼に対する印象も、遠からずといったところか。だがこちらには彼らの体調を心配している記述が残っているし、人柱を強制したとは考えにくい。そもそも我が国にはそのような概念がない。人柱だったというのも後から知った話で、我々は単純に、毎年とても美しい風貌の者がやってくることをよろこび、神からの贈り物、イリゼラとして丁重に扱ってきた。シルヴルヴ家が代々そのお世話を行っているのは、最初に海岸でウォルトリアの人間を救助した者のうちの一人だからだ。元々身寄りのない子供たちを集めて育てていたという経緯もあり、今では国から指定されてその役割を担っている」

ミミの知らなかった歴史が解き明かされていく。

「事実はどうあれ、ウォルトリアとルズガルト王国でかなり認識が違っていた、というのはわかりました」

「初代の書の写本がどこかに残っていれば真実がわかるのだがな。過去の反省を踏まえて、生きている間に神官長はできるだけ書を書き写し、王室の書庫や国の文書館などに分散して所蔵させるようにしている。これならどこかが燃えても別の場所に写本が残るからな。こちらに来るのはまったく問題ないが、人柱は不要だとウォルトリアに伝えたい」

「でも、できない。僕も、今までにこちらに来た人たちも、戻れないんですね」

「実際に戻ったとされる者がいるから可能性はゼロではないのだろうが、限りなくゼロに近い」

「……そっか」

やはりもう家族には二度と会えないのだ。ウォルトリアの大地を見ることも叶わない。

命が助かり、その上充分な暮らしを与えてやると言われているのだから、ルズガルト王国の対応には感謝するべきなのだ。ミミたちを無理やり拘束していたのではなく、ウォルトリアに帰してやれないのだというのもきっと嘘ではないのだろう。

でも、やっぱり寂しい。

レクシュアは少し前に体を出して、ぱたりと倒れたミミの耳の付け根にそっと手を置いた。

慰めてくれているのかな？

過去にこちらにやってきた者たちもまたミミと同じ気持ちを抱きながら、ルズガルト王国で暮らしている。彼らに会う機会があったら、今の気持ちを聞いてみたい。

馬車の窓から見える者たちの表情は皆、とても明るい。きっと毎日が楽しいのだろう。ミミもこんなふうに生きていけるのだろうか。

未来が見えないのは怖い。

「少し気が滅入ってしまったか。気分を変えよう」

ミミたちを乗せた馬車は、昨日通りかかった市場とそう離れていない大きな港町で止まった。船着き場にはたくさんの船が停泊しており、荷物の積み下ろしの作業がひっきりなしに行われている。

昨日の市場と全体的に似たような雰囲気だ。食べ物、織物、工芸品。ここにない物はないのではないかと思えるほど物が溢《あふ》れていて、それらを買い求める者たちで大変賑わっている。

「我々の住んでいるこの辺りは王都ということもあって、ルズガルト王国の中でも特に活気がある」

ミミはレクシュアの手を借りて馬車を降りた。

危険はないと頭ではわかっているが、ルズガルト王国の国民は体が大きいので、ミミはやはり身構えてしまいレクシュアの腕にしがみついた。

声が大きくて威勢がいい、というのも怯んでしまう理由のひとつかもしれない。ミミは大きな音が苦手だ。レクシュアに対しても最初は怖いと感じていたがすぐに慣れたのは、話し方が落ち着いているからなのだろう。

びくびくしているミミの肩を抱いて歩くレクシュアに、男が声をかけてきた。

「やあ、レクシュアさん、久しぶりっ！　元気っすか！」

怒鳴っているのかと思えるほどの大きな声に、ミミは飛び上がりそうになった。

真っ黒に日焼けした全身筋肉の大きな有耳属の男や獣人属が、大きな荷物を抱えている。背の高いレクシュアが小さく見えるほどの、巨大なクマ科たちに囲まれた。

レクシュアの服をつかむ手にさらに力が入り、身を寄せた。

レクシュアはミミの肩をぽんぽんと叩き、大丈夫だ、と言った。

「ガルガさん。お疲れ様です。今日はどうでしたか？」

「大漁大漁！　これ、よかったらどうぞ！　新鮮ですよっ！　子供たちと食べてくださいっ！」

ガルガと呼ばれた男は、レクシュアに保存用の袋を渡した。

「ありがとうございます。さっそく夜いただきます」

中身を確認するレクシュアの横からちらりと覗いてみると、魚がたくさん入っていた。

「そちらはウォルトリアの子ですかい？　今年もこの時期が来たんですね。相変わらずウォルトリア人は美しい！」

「とっても美味《うま》いですよ！」

「いっぱい食ってください！」

男たちの吠えるみたいな大きな声に圧倒され、ミミは言葉が出てこなくて固まる。

「こんな別嬪《べっぴん》が大勢いるウォルトリアに、一度は行ってみたいっすね。でもなぜか行けないっすけど。ウォルトリアって国は本当にあるのかって、いつも話してますよ」

レクシュアをまったく疑っていないが、たまたま出くわした一般市民ですら同じことを言っているので、ルズガルト王国からあちらに渡れないという話の信ぴょう性が高まってくる。

「でも毎年必ずウォルトリアから人が来るから、まあ、あるっちゃあるんでしょうけどね。ウォルトリアがどんな国かわからないし、自分たちにしてみたら謎《なぞ》だらけの国ですよっ！　今はつらいかもしれないけど、慣れればルズガルトも住みやすい国だと思いますよ」

少し立ち話をしてから、男は捕れたての海産物を届けるため立ち去った。

「大丈夫か？」

ひと言も声を発しなかったミミの顔をレクシュアが覗き込む。

「大丈夫です。……みんな声が大きくてびっくりしてしまいました」

「彼らは船の上で遠くにいる人に向かって声を出すからな。口調が荒っぽかったりするから、怒鳴っているように聞こえてしまうかもしれない。だが気はいい者たちばかりだ」

「大丈夫です。伝わってます」

「それを聞いて安心した」

レクシュアは両手を広げた。

「ウォルトリアにはウォルトリアのよさがあるだろうし、ここにはここのよさがある、ということをミミに知ってほしかった。それと、王都に近いここには顔を出す貴族たちがいるから、彼らに会えたらと思ってミミを連れてきた」

「貴族の暮らしぶりを見るため、ですか？」

ミミは首を傾げた。

今後ミミがどのように生きていくのか、というのを見せたいのか。

「それもあるし、別の理由もある」

レクシュアが人込みの中から身なりのいい者を見つけ、ミミに知らせる。

「ミミ。そこの、黒い帽子を被っている男性は見えるか？」

「見えます」

「彼はヒュリオノス侯爵。彼の隣にいる女性は彼の妻だが、ミミは知っているか？　ラランの翌年、ウォルトリアからこちらへやってきた」

貴族と同じ豪華な服に身を包んだ女の人が、楽しそうに笑っているのが見えた。

ひらひらとした布で全身が覆われ、指輪などの装飾品がきらきらと輝いている。

「スマリシ……」

「ああ、そうだ。スマリシだ。我々にとってはごくありふれた市場に過ぎないが、ウォルトリアの者は市場を好む傾向があって、ウォルトリア人と結婚した貴族はたまにこうして訪れるのだ」

こちらが声をかける前に彼女が先にレクシュアに気づき、しずしずとこちらにやってきた。

ヒュリオノス侯爵はその場所に留《とど》まり、帽子を片手で少し持ち上げてレクシュアに挨拶をする。

「お久しぶりです、レクシュア。お元気でいらっしゃいました？」

「ああ相変わらずだ。スマリシも元気そうだな」

本当にスマリシなのだろうか。

ミミのスマリシへの最初の印象は、それだった。

住んでいる場所が違ったし、人柱として船に乗る日に、やはり沿道からスマリシを見ただけだった。

あのときのスマリシは絶望感と虚脱感が一緒になったような表情で、海に身投げでもしかねないと感じたのをミミは今でも覚えている。それに、ガリガリに痩《や》せていた。

しかしあの日のスマリシの面影はどこにもない。優雅な笑顔に品のある歩き方、話し方。血色がいい。大量の花の中に飛び込んだようないい香りがする。

「あら、あなた……。たしか、ミミ、だったかしら。ウサギ科のミミという子は近年稀《まれ》に見る美貌だった、と私の村にも噂は届いていましたわ。だからいずれは選ばれてこちらにいらっしゃると思っていましたの」

スマリシはミミに手を差し出してきた。

馬車から降りる手伝い、ではない。ではこの手はなんなのだろう。

ミミはなにをしたらいいのかわからず、細い手と美しい顔に、交互に目を向ける。

するとスマリシはくすりと笑い、手を引いた。目は、垂れ下がったミミの耳へと向けられている。

「不安を感じていらっしゃるようね。私も同じでした。でも、そんな心配はすぐになくなりましたの。ウォルトリアの厳しい環境と比べたら、ここは楽園のようだわ」

「ウォルトリアのことは忘れてしまったんですか？」

「忘れてなんかいないわ。ただ、以前と比べてあまり思い出さなくなった、というだけ」

「それで、今は幸せですか？」

ミミは尋ねてみる。

「ええ、もちろんですとも。こちらに来るまではそんな気持ちにはなれませんでしたけど、ルズガルト王国の方々はとても親切ですし、夫も、これ以上ないほど私を大切にしてくれますから」

「家族に二度と会えなくても？」

「難しい質問をなさるのね。もちろん、最初の頃は帰りたいと思っていましたわ。けれど戻れないとわかったので、諦《あきら》めましたの。無理なものは無理なんですもの。割り切ってこちらでの生活を楽しむことにしたら、人生はとても豊かになりました。過去にこちらにいらっしゃったウォルトリア人とお会いする機会がありましたら、皆さまにもお尋ねしてみるといいと思いますわ。きっと彼らも私と同じようにおっしゃると思います」

「そうですか。……ありがとうございます」

「ミミも、よき人生を」

ごきげんよう、と言って彼女は立ち去った。

「スマリシ、別人だ。すごく綺麗な服を着て、毛も肌もつやつや。貴族と結婚して、いい暮らしをしてるんだなってわかりました。僕もいずれ、ああやってだれかの元に行くんですね」

「そうだ」

果たしてそれが本当に幸せなのだろうか。

寒く厳しい環境だったウォルトリアと比べたら、ルズガルト王国のどこで生活してもきっと楽だと思う。しかしミミは食べるのだけで精一杯だったとしてもウォルトリアに戻りたいし、大好きな家族に囲まれて毎日慌ただしく生きていた日々を取り戻したい。

行きたくない、と自分の気持ちを押しとおせば、ラランのようにイリゼラの館に戻ってきて、気ままに生きられる。相手とどうしても合わない場合は仕方がない。しかしミミも同じようにわがままを言ったら、レクシュアはイリゼラの館で何年にも亘ってミミとララン、二人の大人の面倒を見なければならなくなる。

イリゼラの館は、受け入れ先を探す場所なのだ。ミミたちがずっと居座っていい場所ではない。

「僕はだれの家に行くんでしょうか」

ミミは疑問に思ったことを尋ねた。

「ジェレミラ公爵というお方が第一候補だ。王族の親戚で、王族に次ぐお立場だ。ミミがこちらの生活に慣れてきたらジェレミラ公爵と何度か対面して、問題なければ彼に嫁ぐことになる」

「僕は、ウォルトリアでは平民なんですけど……」

「貴族が結婚する場合、相手の身分はこちらでは左程重要視されていない」

ウォルトリアでは明確な身分差があったので、ミミは貴族の家で暮らす自分の姿が想像できなかった。しかしレクシュアの言葉どおり、実際にスマリシは貴族と結婚している。

「ウォルトリアからの客人は、昔から、ため息が出るほど美しい者たちばかりだ。そのあまりの美貌から、ウォルトリア人の受け入れを望む貴族がとても多く、順番待ち状態だ。家柄がよく、人柄もよく、嫁ぎ先で苦労しないように、我々も選別しているから安心してほしい。責任を持って送り出している」

もうひとつ、ミミには気になる点があった。

「その、……嫁ぐって？」

ミミはその言葉が引っかかり、レクシュアに尋ねた。

「言葉どおりだ。親のいない子たちとは異なり、ウォルトリアからの客人は大人に近い。親として子供を引き取るのではなく、結婚相手として共に生活する。貴族社会は言葉遣いや食事作法など覚えることがいくつかある。それを身につけるため、イリゼラの館でしばらく学ぶ必要がある」

「結婚したくない、っていう場合は？」

「極力、結婚してもいいと思える相手を選ぶ。ウォルトリア人から聞いた話によると、ウォルトリアでは親が結婚相手を決める場合がほとんどだそうだが、それと同じようなものだと思ってくれ」

殺されるのを覚悟して来たのにそうではなく、いきなり結婚しろなんて言われても、困る。

「急にこんなことを言われたら、戸惑うのも無理はない」

レクシュアはミミの頭をなでた。

「気が乗らないまま嫁いだ者も、過去には何人もいる。その多くは嫁ぎ先で大切にされ、相手と共に生活していくうちに、気持ちが変わっていった。今では皆、幸せに暮らしている。中にはラランのように、どうしても相手と合わずに戻ってくる者もいる。その場合は、我々は無理やり送り返したりはしない」

「僕が戻ってきても？」

「もちろんだ」

それが聞けてほっとした。しかしレクシュアは続ける。

「だが館は家がない者たちの一時的な避難所であり、定住する場所ではない。ラランのように常に一人で好き勝手に生きていくというのであれば、それもまたひとつの道かもしれない。だが、ミミはそれだと寂しいと感じる子だ。ミミに対して、大勢の中の一人としてしか相手にできない我々と、一対一で支え合って生きていける相手と、どちらがいいのか。よく考えてみるといい」

ウォルトリアでもルズガルト王国でも、一人で生きていくのは難しい。だれかと寄り添って助け合って生きていくのが正しい道なのだ、とミミは理解している。でも。

ミミは視線を地面に落とした。

戸惑いを理解してくれているのか、レクシュアはミミの頭をなで続けている。

「厳しいことを言ってしまったな。しかし、嘘を言っても仕方あるまい」

「大丈夫です」

貴族に嫁げ、なんて言われても、素直に受け入れ難い。しかし現実問題として、ここを出ていった場合、ミミはどこに住めばいいのか。そのために必要なお金を稼ぐにはどうしたらいいのか。そもそもミミにできる仕事が見つけられるのか、という心配もある。

それらを全部解決してくれるのが、貴族に嫁ぐ、という方法だ。イリゼラの館が用意してくれた仕事なのだ、と考えてみようか。

少し前のミミは、死を覚悟していたのだ。ならば一度死んだつもりで、新しい世界で人生をやり直せばいいのかもしれない。

なんて簡単に考えを変えることなどできないけれど。

しかし、無理にでも変えていかないと、ルズガルト王国でミミは生きていけない。

レクシュアが淡々としているのは、これが仕事だからだ。そして優しい言葉をかけてくれるのもまた、仕事だから。

毎年ウォルトリアから人柱がやってきて、子供たちが連れてこられて、一定期間ここでお世話をしたらすぐにだれかに引き取られていく。その数はとても多いから、一人一人気にかけていたら勤まらないのだろう。流れ作業のように、ミミもだれかの元へと送り出される。

ミミはたぶん、ここが好きになる。子供たちがたくさんいるから。レクシュアがいい人そうだから。だからいずれ訪れる別れの日までは、ここで楽しく過ごしたい。

「短期間で色々なことが起こりすぎて、頭の中がごちゃごちゃになってます。どうしたらいいのかなって考えても、今は正しい答えが出せない気がします」

「ウォルトリアの客人たちは皆、死を覚悟して国を出てきているからな。過去に渡ってきた者たちも、ミミと同じ様子だ。ルズガルト王国で問題なく生きていくにはどうするべきか、焦らずゆっくり考えていけばいい。ここは安全な場所なのだ、と信用してくれ」

「あの……、僕は、レクシュアとは結婚できないんですか？」

ぽろりと出てきた自分の言葉に驚き、ミミは慌てて訂正する。

「あ……、た、たとえばの話です。レクシュアはもう結婚してるかもしれないしっ！　たとえばイリゼラの館で働いているだれかとか、さっきの漁師さんたちとかっ」

顔が熱くなってきて、ミミは両手でぱたぱたと顔に風を送る。

なにを言っているんだか。なぜそんな言葉が出てきてしまったのか。

「私は独身だ。私にはもうすでにイリゼラの館にたくさんの子供たちがいるから、このままでいい」

独身なんだ……。

ミミはふっと力が抜ける。

なぜほっとしているんだろう？

ミミは自分の気持ちがわからず、首を右に左に傾ける。

「貴族以外のだれかと、という話だが、おそらく無理だ。というのも、ウォルトリア人を伴侶にと希望している貴族があまりに多いからだ。国の管轄である以上、貴族が最優先だ」

「……わかりました」

わかりたくはないけれど。

ウォルトリアであれば自分一人でもなんとか生きていけるだろう。しかしこの国のことをなにも知らない状態では難しい。これからミミは学んでいくのだが、衣食住を提供しながらミミに生きる術《すべ》を与えてくれるのはルズガルト王国の者だ。

やはり、わがままは言えない。言ってはいけない。

ミミはしょんぼりする。

ずっとここにいていいんだよ、とは言ってもらえないというのは充分に理解した。

「ミミの今後の予定だが、主に午前中に学んでもらう。勉強はワルド、生活面の作法などはキャロがそれぞれ教える。年齢の高めの子たちと一緒になる。午後は子供たちの世話をお願いしたいと思っているが、それでいいか？」

「レクシュアが教えてくれるんじゃないんですか？」

ミミがここを発つ日まで、ずっとレクシュアがそばにいてくれると思っていたのに。

「子供たち個々と接するのではなく、イリゼラの館全体が上手く機能するよう調整するのが私の役目だ。神官長という立場上、外部とのやり取りや上への報告、それらが主な仕事だ」

「じゃあ、なんで今日は一緒に来てくれたんですか？　昨日は？」

「それは……」

思いもよらなかった質問だったのか、レクシュアは一瞬だけ口ごもった。

「それは、ミミが……」

僕が？

ミミは期待に胸を膨らませて言葉の続きを待ったが、レクシュアは打ち消してしまった。

「……いや。殿下とお会いするのは神官長の役目だ。今日はまあ、時間があったから。今後はそれぞれの担当者に任せる」

赤ちゃんの世話をする者、幼児たちと遊ぶ者、少し大きい子たちと遊ぶ者、学問を教える者、作法を教える者、食事を作る者、掃除をする者、洗濯をする者など、イリゼラの館ではそれぞれ役割が決まっている。効率がいいからだ。そしてそれを統括するのがレクシュア。

昨日今日とミミに付き添っているのはたまたま。イリゼラの館の一番偉い立場だし、特定の一人にだけ目をかける時間なんてないのだ。ほかの先生たちもそう。大勢いる子供たちに平等に接しなければならないのだ。それが仕事だから。

気が滅入ってくる。

しかし世話になっているのだし、贅沢を言ってはならない。死ぬ覚悟を乗り越えてここにやってきたのだから、それ以上につらいことなんて世の中にはないはずだ。

スマリシのほかにも、何人かのウォルトリア人と会った。年齢が近く知っている者もいれば、かなり年上で知らない者もいたが、彼らに共通していたのは、全員が幸せに暮らしているということだ。

逆に不幸な結末を迎えた者はいなかったのか、という質問に、レクシュアは首を横に振った。ララン だけが例外だった、と。

ミミが来た翌日、マルルと一緒にルズガルト王国にやってきたとされる三人の墓参りをした。花が飾られてあって、何百年経っても丁寧に弔われている。本当に大切にしてくれているのがわかった。

それから十日ほどが過ぎた。

食事のときや寝る前など、レクシュアは時々ミミに声をかけてきた。しかしそれ以上のことはなく、周りの子供たちにも声をかけては様子をうかがい、次の子へ。ミミはイリゼラの館にいる子供たちと同じ扱いだ。大勢の中の一人にすぎない。

夜、一緒に寝てくれたのは最初の日だけだった。断られたわけではなく、レクシュアとの間に距離を感じたミミが一方的に遠慮した。寝台を別の部屋に移動させる話も断った。なんとなく嫌だと思ってしまい、一人で過ごすことを選んだ。

ようやく自分が置かれている状況を把握し、来たばかりの頃と比べたら気持ちは落ち着きつつある。夜、一人で泣いたのも最初の日だけだ。

蠟燭はつけっぱなしにしたまま、ミミは自室の窓を開けて寝台に戻った。

壁との間の狭い隙間にもぐり込み、窓のほうを見る。ミミは二日目からずっとこの隙間で寝ている。少し欠けている月は、ちょうど窓枠の真ん中にあった。

「……なんだか寂しいなぁ」

ミミは上掛けを体に巻きつけ床に寝転がる。

日中は子供たちの笑顔に囲まれて元気づけられるが、一人になるとやっぱり寂しくなってくる。

今ミミに懐いている子たちだって、早ければ数日、遅くても一年程度で新しい家に引き取られていくのだ。もしかしたら明日にはいなくなる子がいるかもしれない。顔と名前を覚えて仲良くなったと思ったら別れが訪れる。

逆を言えば、ミミを慕ってくれた子をここに置いてミミのほうが先に公爵の家に行く場合だってある。

短期間にめまぐるしく繰り返される出会いと別れを想像したら、気が紛れるどころか、より気分が沈んだだけだった。

もしも一緒に寝てくださいとお願いしたら、レクシュアは許可してくれるのだろうか。けれどミミだけがレクシュアを独占していいのか迷ってしまう。子供たちだってレクシュアにかまってもらいたいだろう。

なぜこんなにレクシュアの存在が頭から離れないのだろう。ほかにもここで働く大人はたくさんいる。威圧感がある外見でも中身は穏やかで優しく、皆が皆ミミに親切で、レクシュアとなにひとつ変わらないのに。

でも、ミミが一緒にいてほしいのはレクシュアだけだ。ほかの人ではだめなのだ。

ミミは再び体を起こし、窓を見てみる。月が窓枠の真ん中から右のほうに移動していた。

見えなくなるまで後ちょっと。

月が消えたら寝よう。

レクシュアのことを考える時間に区切りをつけた。そうしないと眠れない。

今度は横にならず、床にひざを突き、窓枠にあごを乗せた姿勢のまま、少しずつ移動していく月をぼうっと見つめる。

月が窓枠に差し掛かり、少しずつ削れていく。レクシュアに会いたい。また一緒に寝たい。市場に行ったりもしたい。

月が完全に建物の影に入るまで、ミミはレクシュアの顔や声、匂いを頭に思い浮かべた。

「……寝なきゃ」

ミミは長いため息をつく。

自分で時間を区切ったくせに、結局レクシュアのことが頭から離れないのだ。

そういえば、今日は朝に顔を見たきりで、同じ建物内にいるのにレクシュアに会えなかった。おやすみすら言っていない。

「……っ！　そうだっ！　レクシュアにおやすみって言わなきゃっ！」

ミミは大事なことに気づき、寝台に飛び乗り、転がる勢いで部屋を出た。

廊下を数歩走ったところではっとした。一度部屋に戻り、枕をつかんであらためて部屋を出る。

しかし廊下を走りながら、ふと気づいた。勢いで飛び出してしまったが、ミミはレクシュアの部屋の場所を知らない。

部屋の前に名前の札がかかっているわけでもなく、等間隔に並んだ扉は皆同じだ。

夜が更けてから、だいぶ時間が経っている。中にはもう眠っている者だっているだろうから、ひとつひとつ扉を叩いて回るわけにもいかない。

「はぁ……」

意気揚々と飛び出したはいいものの、不発に終わってしまい、ミミはしょんぼりとうつむいた。垂れ下がった耳が視界の端に映る。

最近、ずっとこうだ。気分がなかなか切り替わらない。

ミミは方向転換し、自室に戻ろうとした。ちょうどそのとき。

目の前の部屋の扉が開いた。

静かな建物内で急に扉の開閉音がしたものだから、ミミは飛び上がった。

「……っ！」

「驚かせたか。すまない」

部屋から顔を出したのは、レクシュアだった。

「バタバタと足音がしたから、子供が部屋を抜け出してきたのかと思ってな」

手に蠟燭を持っていたのを見ると、レクシュアは見回りのために部屋から出てきたようだった。

長衣は着ておらず、レクシュアもう寝ようとしていたところだったのかもしれない。

「ミミ、こんな遅くにどうした？」

「え、……っと、その……」

おやすみなさいと言いに来たのだ、と言えばいい。それが目的だったのだから。しかしそんなのはただの口実にすぎない。

枕を抱えてもじもじしているミミを見て、レクシュアはぴんときたようだった。

「眠れないのか？」

レクシュアは扉を全開にして、背中で押さえている。

ミミはちらっと室内を覗いてみる。

蠟燭で明るく照らされていて、夜だが中の様子ははっきりと見えた。

レクシュアは汚いと言っていたが、本がたくさん詰み上がっていて雑然としているようだった。

レクシュアは扉を開けたまま動かない。

ミミはどうしたらいいのだろう。

入っていいのかな？　そういう意味で扉を開けてくれてるのかな？

ちらちらとレクシュアの表情をうかがいながら、ミミは少しずつ、じりじりと部屋に近寄っていく。

拒否されるのが怖くて、枕をつかむ手に力が入った。

ミミがレクシュアの部屋に一歩足を踏み入れると、レクシュアが扉を閉めた。

入ってよかったらしい。レクシュアに拒否されなかった。

ミミは正解がわかって全身から一気に力が抜けたような気分だった。安堵《あんど》感か。

レクシュアに受け入れてもらえたということが、こんなにうれしいなんて。

ミミは今にも踊り出したいぐらい浮かれている。レクシュアの部屋の中に進んでいく足取りは軽い。

部屋全体がレクシュアの匂いだった。ずっとここにいたい、安心できると思える場所。

蠟燭のほのかな明かりに照らされたレクシュアの顔には、笑みと困惑とが入り交じったような複雑な表情が浮かんでいた。

「この数日の間にだいぶ落ち着いてきたように感じたが、まだ早かったか。だが泣いてはいないようだが」

暗がりの中で、レクシュアはミミの顔を覗き込んだ。

顔を近づけられてドキッとする。部屋そのものがレクシュアの匂いで、さらに彼が近くにくると香りが強くなってくるから、ミミの体全部をレクシュアに包まれているような錯覚をしてしまう。

「……いいんですか？」

「不安を抱えているミミを突き放したりはしない」

レクシュアはミミの頭をなでた。

ミミの耳が垂れているのを、常に気にかけてくれている。

「これはレクシュアの仕事ではないのに？」

「ミミがこちらの生活に慣れるまで力になる。それが私の仕事だ。勉強や作法といった部分以外でミミが私に助けを求めるなら、できるだけ話は聞く」

ミミはレクシュアに誘《いざな》われ、匂いが沁み込んだ寝台に上がった。

レクシュアは蠟燭の明かりをすべて消してから、寝台に横になる。

ミミが身を寄せ、その胸の中に収まっても、レクシュアは拒絶しない。

もうそろそろ大人なのに、大人の人と一緒に寝たいと思ってしまう自分の気持ちがわからない。知らない国に来て、気持ちが子供のようになってしまったのだろうか。

「レクシュア、もし僕以外の子がここに来たら？　同じようにするんですか？」

「……」

レクシュアは少し考える様子を見せてから、「そうだ」と言った。

それでもいい、とミミは思った。今この瞬間のレクシュアは、ミミだけのものなのだから。

「だが、過去にそういう子はいなかったが」

暗闇の中で、レクシュアはふっと笑った。

だったらこの先も、そういう人は現れなければいいのに。ミミだけでいい。

ミミは口から出てきそうになった言葉を飲み込んだ。

レクシュアはミミのためだけに存在しているわけではないのだから。勘違いしてはいけない。

今夜は窓も閉まっていたから、本当に真っ暗だ。いつになっても目が慣れず、ミミが今頼れるのは嗅覚《きゅうかく》、そして聴覚だ。

ミミはレクシュアが拒絶しないのをいいことに、広い胸に鼻先をこすりつけた。そして深く呼吸をする。

気持ちが落ち着いてくる。ずっとこのままこうしていたい。

叶わない願いではあったが、今ぐらいは自分に暗示をかけておきたかった。


午前中は年齢が近い子たちと一緒に勉強し、午後は小さな子たちの面倒を見る。

イリゼラの館で毎日決まったことを繰り返していくうちに、ミミもこちらの空気に馴染んできた。

庭で遊んでいたが、夜の食事の時間になり、子供たちは部屋に戻っていく。

ミミにはそこら中に散らばっている子供たちの靴やら上着やらを拾って集める仕事が残っており、暗くなる前に済ませなければならなかった。

太陽が沈みかけ、緑色の芝は茜色《あかね》に染まっている。敷地を囲む柵や庭に植えられている木の影が、長く伸びている。

風が吹き、短い芝がゆらゆらと揺れる。同時に、ミミの知らない香りを運んできた。

——背後にだれかいる。

足音や気配が感じられなかったから、ミミは気づいていなかった。一体いつから後をつけられていた？

ミミは耳を澄ませ、背後を探る。

しかしやはりなにも聞こえなかった。

気のせいかな？

ミミは思い切って振り返ってみた。しかし、だれもいない。

「おかしいなぁ……」

気配を消したり忍び足だったりが得意だろうラランがいると思ったのに。

しかしあちらから接触してくるわけでもないから、ミミはどうしようもない。

気持ちを切り替えて、子供たちの衣類の捜索を再開させる。

みんなで木登りをしていたのを思い出して遠くの柵のほうを見てみると、案の定、それらしき物が点々としているのが見えた。ミミは急ぎ足で敷地の端まで移動し、服を回収し始める。思ったほどの量はなくすぐに集め終え、ふっと息をついたところで、唐突に声が頭の上から降ってきた。

「ねえ」

「わぁっ！」

完全に不意打ちだったものだから、ミミは飛び上がって驚いた。せっかく集めた子供たちの服も、芝生に落としてしまう。

ドキドキと激しく打つ胸を服の上から押さえ、ミミは高い木を見上げる。しかし少しずつ暗くなってきていたし、影になっているので、はっきりとは見えなかった。

たぶんラランで、ミミに声をかけてきた、と受け取っていいのだろうか。しかしまだ確信できないし、姿も見えなかったので、ミミはひとまず服を拾った。

呼びかけを無視した形になり、それがかえって刺激となったのか、木がざわざわと音を立てた。葉っぱが数枚、はらりはらりと落ちてくる。

——来る。

ミミが身構えるのと、ラランが木の上から飛び降りるのと、きっとほぼ同じだった。

相手が同郷の者であっても、ミミはやっぱり驚かされることには慣れていない。唐突になにかされれば驚いて固まってしまうし、臆病な性格なのだ。

木の上から飛び降りたラランは、ふわりと美しく着地した。

ミミやイリゼラの館で生活している子供たちと同じ、長衣に下穿きをはいている。

小柄なミミと比べると背は高いが、それでもルズガルト王国の大人たちには及ばない。なによりも、体の線がかなり細かった。多少の身長差があるミミよりもきっと細い。

真っ直ぐでつやつやとした金色の長い髪がとても綺麗だった。ウォルトリアで見たときは肩ぐらいだったから、こちらに来てからずっと伸ばしているようだ。細くて長い首。袖《そで》から見える手首や下穿きの裾から出ている足首も、簡単に折れてしまいそうな細さだ。顔と同じぐらいの大きさの耳。小さな顔からこぼれ落ちそうな大きな目。事前に気性が荒いと聞いていたから先入観が働いているのは間違いないが、つり上がった目で見下ろされて、冷たくて怖そうな印象を受けた。

「……こんばんは」

話しかけにくかったが、姿を現したのだから、おそらくミミと話したいということなのだろう。ミミだって故郷の話がしたい。ルズガルトに来てから数年経っているランから聞きたいことはたくさんある。

ただ、興味がないという姿勢を見せるのがラランと上手く付き合うコツだそうなので、ミミは挨拶だけして視線を芝生に落とした。

「ウサギ科のミミ、来ると思ってた」

ラランは体型だけではなく声もか細い。こんな綺麗な声で威嚇されても、あまり怖くないような気がする。

「僕を知ってるんですか？」

「噂だけね。候補に上がる奴の話は、お前だって親とか周辺の人たちから聞いてたでしょ」

来年はあの子に違いない、再来年は、とたしかに時期がくると毎年その話で持ち切りになる。ラランの村でもミミが話題に上がったらしいし、もちろん、ミミの村でも数年前にはラランが噂になった。

「ほらこれ」

ラランの影がミミの足にかかった。

ミミが顔を上げると、ラランは手に持っていた小さな服を目の前に差し出してくる。

ラランが声をかけてきたのには、理由があった。ミミが探しきれていなかった衣類を、ラランが見つけて持ってきてくれたのだ。

ミミは頭で思い描いていたほどの怖さは感じない。


「柵沿いはもうないから」

「……ありがとうございます」

話し方はぶっきらぼうだし、ミミに衣類を差し出す仕草も荒っぽいけれど、ラランは親切だ。怒りっぽいだなんだと言われていたが、ミミは頭で思い描いていたほどの怖さは感じない。

「じゃあ、噴水の周りも見てきます」

ミミはラランにお礼を言ってから、庭の中央にある噴水に向かった。水遊びをする子たちはここで服を脱ぐから、ひとつふたつ忘れ物がありそうだ。

ミミの背後から、ラランがついてくる。今は隠れようとしていないせいか、足音も聞こえている。

「ミミってさ、暗いね。おとなしいって言ったほうがいいかな？」

ラランはずばずばと言う性格のようだ。

「今は悩みばっかりだからだと思います。普段はもっと元気です」

弟と妹がたくさんいる中で育っているミミがおとなしいわけない。

「悩みって？」

ラランは以前からの友達のような態度で接してくる。

それが嫌だというわけではなく、だれにも懐かないと聞いていたはずのラランの行動が思っていたよりも友好的なので、ミミは困惑しているのだ。

そこに理由があるとするならば、ミミがウォルトリアから来た者だから、という気がする。ルズガ

ルト王国にやって来るまで、そして来てからしばらくの間、同じ思いをした者同士ならわかり合える部分がきっとある。ラランはそう思っているのかもしれない。

「貴族に嫁いだり、レクシュアのことだったり。レクシュアはすごく優しいんだけど、一歩引いているっていうか、完全には心を開いてくれてないのがわかるから」

「貴族のことは、悩んでても仕方ないよ。この国ではそれが決まりなんだし、俺たちがそっちに行かないとレクシュアが上に怒られる」

「そうなんですかっ？」

「当たり前でしょ。ここはそういう場所なんだから。レクシュアの仕事はここに来た子たちを新しい家族に送り出すこと。仕事ができなくて注意されるのは、ウォルトリアだって同じだったはずだけど？」

「……そうでした」

相手が貴族なら、とくに厳しいのかもしれない。

「実際、俺が最初に戻ってきたとき、役人がここに押しかけてきたし。レクシュアはこっぴどく叱《しか》られてたよ。でも、何回か繰り返すうちに役人側が諦めて、俺も無理やり貴族のところに送られなくなった」

「……そっか」

行きたくないと伝えることは、レクシュアに迷惑をかけてしまうということなのだ。

「そのときレクシュアは、ラランになんて言ったんですか？」

「最初のときは、今回は相性が悪かったようだが次は合う相手を探す、って感じのこと」

「レクシュアに怒られなかった？」

「役人には責められたけど、レクシュアはなにも言わないよ。怒る人じゃない。最終的にはここにいていいって言ったし、ミミだって相手が気に入らなかったら戻ってくればいいんだよ。一度は貴族に嫁ぐって役割を果たしたわけだし、文句は言われない」

「ラランは偉いんですね」

「なにそれ。そんなの言われたことないよ」

「行きたくなかったとしても、何度も貴族の家に行ってるから。今ここでこの話を聞かなかったら、僕は行きたくなくて、ごねてレクシュアを困らせてたと思います」

嫌なら戻ってくればいい、とラランは言うけれど、ここにはラランがいるし、来年もまたウォルトリアから人柱がやってくる。ラランとミミ、二人の面倒を見続けるのは、イリゼラの館への負担になるに違いない。それに前例がいくつもできてしまうと、今後、ここを出たがらない人が増えていくかもしれない。

ルズガルト王国側はウォルトリアからやってきた者たちのために、新しい生活の場を用意してくれている。そこが嫌だというのであれば、今すぐにここを出てだれも頼らずに一人で生きていくべきなのだ。その覚悟もないのに、わがままを言ってはだめだ。

レクシュアはミミを気づかってこのような言い方はしなかったのだろうけれど、本当だったらミミが自分で気づかなければいけなかった。ラランに説明されなかったら、ミミはこの先もずっとわからないままだった。

「いつも一人で過ごしてるって聞いたけど、ラランは子供たちと遊んだりはしないんですか？」

「嫌だよ。うるさくて忙《せわ》しなくて、子供は嫌い」

明日からラランも一緒に遊べたら、と思ったが、無理そうだ。ミミがここを出ていくまでの短い間だけでも時間を共有できたらいいのに。

導いてくれるレクシュアや先生たちとは違う。慕ってくれる子供たちとも違う。ラランに対してはもっと別の感情がある。種族は違うし育った村も違う。ルズガルト王国に来るまで面識がなかった相手だが、同郷の仲間意識のような気持ちがある。

「ねえ、なんでそんなにレクシュアレクシュア言ってるの？」

「なんで、って……」

あらたまって聞かれて、ミミは自分に問いかけてみる。しかしすぐに理由が思いつかなくて、答えに窮した。

「優しくしてくれたから懐いた？　でもレクシュアもほかの先生たちも、基本的にみんな優しくない？　レクシュアは責任者だから特に個々と関わったりはしないし、特別に優しいとは思わないけど。ワルドとかキャロのほうが、一人一人丁寧に面倒見てくれるよね」

数日、勉強や作法を教わってわかったのは、ラランの言葉どおり、レクシュア以外の先生、ワルドやキャロたちもまたかなり親切だということだ。子供たちに教えるという立場なので、ひょっとしたらレクシュアよりも親身になってくれているかもしれない。ミミたちが理解するまで、しっかり面倒を見てくれる。

けれど、レクシュアだって優しい。優しくしてくれたから懐いたのか、というラランの問いは、少し違うような気がした。たとえほかの先生たちのほうが優しかったとしても、ミミはレクシュアがいい。

「でも、俺、気づいたんだ。レクシュアが、ミミといるとき、すごくうれしそう」

「普段のレクシュアを知らないから、わからないです」

慰めてくれなくても大丈夫。

「いろんな先生たちの様子を木の上なんかから見てて思った。どの先生もみんな同じように接してるけど、レクシュアはミミだけには別。普段と違うから目につくんだよね。一番わかりやすいのが尻尾。ミミを見つけると、千切れそうな勢いでぶんぶん振り回してる。気づかない？　イヌってわかりやすいよね」

「だれにでも分け隔てなく接してると思います。それと、レクシュアはオオカミです」

「どっちでもいいよ」

「よくないです。じゃあラランはかわいいイエネコ」

「サーバルキャットだよっ！」

ラランの尻尾が五倍ぐらいにぶわっと膨らんだ。

怒りっぽい、という前評判を証明してくれた。

「だって、どっちでもいいってラランが言ったし」

貶《おとし》めているとは思わないし、ミミがなにを言われようと気にならないが、レクシュアについての間違いは訂正しておきたかった。

「……おとなしいのかと思ったけど、言い返してくるんだね」

気を悪くしたかと思ったが、ラランは笑っていた。皮肉るわけでも揶揄《やゆ》するわけでもなく、純粋に楽しんでいるような素の笑顔。想像していたよりもずっと話しやすい。

「ミミはいつも耳が垂れ下がってるけど、そういう種族なの？」

「違います」

「じゃあミミもわかりやすいね。不安がそこに表れてるってことだよね」

ラランがふと顔を横に向けた。ミミもつられてそちらを向く。

「建物から出てきたの、だれかわかる？」

「……たぶん、一人はレクシュアだと思います。一緒に出てきた人は……わかりません」

日が落ちてきて、空がさらに薄暗くなってくる。

建物と噴水までは距離があり、顔まではわっきりとわからない。黒髪の先生はほかにもいるし、一緒に歩く先生もレクシュアと同じ黒の長衣を着ているので区別がつかない。けれどミミはレクシュアだけは、不思議と確信できるのだ。

「じゃあ、ちょっと噴水の陰にでも隠れてなよ。俺と話しているとき、ほかの先生たちと話しているとき、ミミと話しているときで、レクシュアの尻尾の動きがぜんぜん違うから」

ミミはラランに言われたとおり身を隠し、陰からこっそりと様子をうかがう。

先生と話しながら歩いているレクシュアの尻尾に変化はない。

ラランに気がついたからか、レクシュアはその場で先生と別れてこちらにやってくる。ラランを見ても、レクシュアにとくに変わった様子はない。

ミミは耳を澄ませて、レクシュアの足音を聞く。一歩一歩が大きくて、大地をしっかりと踏みしめる強い音。

レクシュアが少しずつ近づいてくるのを見ていると、胸がドキドキしてきた。飛び出してレクシュアの前まで走っていきたい気持ちを堪えるのが大変だ。

「ラランっ」

少し離れた場所から、レクシュアがラランを呼ぶ。

「ミミの姿が見当たらないのだが、知らないか？　子供たちの服を拾っていると聞いているが、なかなか戻ってこない」

「戻らないって、たいした時間じゃないよね。まだ完全に日が落ちたわけでもないのに心配しすぎだと思うけど。俺がミミの立場だったら、わざわざここまで探しに来てる？　ミミだけ特別扱いしてない？」

「そんなことはない。ミミはまだ、こちらに来たばかりだからだ」

「そのわりに、市場に連れて行ったり、一緒に寝たりしてるらしいじゃない。ほかの子にそういうことしてるとか、聞いたことないんだけど」

「変な言い方をしないでくれ」

からかうようなラランの口調に、レクシュアは苦い物を食べたような顔をしている。

レクシュアの、自分とラランへの話し方に違いを感じた。

ラランとは数年一緒に生活しているから、気安さがあるのだろう。先生同士、大人同士、といった空気だ。ミミはまだお客さんで、レクシュアの口調は少し硬くて、丁寧な扱いを受けているのがわかった。

レクシュアが、ふとなにかに気づいた様子で、急に噴水のほうを見た。

上手く隠れていたつもりだったが、いつの間にかぴんと立ち上がったミミの耳が、噴水の陰からちらちら見え隠れしていたようだ。薄闇の中で、白はかなり目立つ。

レクシュアの尻尾がゆったりと揺れ始めた。

風になびいているようなふわっとした動きで、ラランに先に尻尾について言われていなかったら、ミミは見逃していただろう。

「ミミはいるよ。一緒に服を探してたからね。ミミ、お迎えが来たよ」

レクシュアに気づかれてしまったので、ラランはミミの居場所を明かした。

もう姿を現していいのかな？

ミミはおずおずと陰から顔を出してみる。

ばっちりと目が合った途端に、レクシュアの尻尾が左右に大きく揺れ始めた。

「……っ！」

ラランの言っていたとおりだ！

ラランの顔を見ると、それ見たことか、と言いたげな目をミミに向けてきた。

「じゃあね」

ラランは身をひるがえした。走る様はとてもしなやかだ。

「あ、待って……！」

もっとたくさん話がしたかった。けれどラランは足が速くて、あっという間に小さくなってしまった。

ミミとレクシュアが二人きりになって、少しだけ沈黙の時間があった。

レクシュアが決まりの悪そうな顔をしていたが、相変わらず尻尾がゆらゆらしているので、ミミは前向きに受け止める。

「もう食事が始まってしまっているかもしれない」

ミミが拾い集めた衣服を持ってくれたレクシュアは、建物に向かってゆっくりと歩き始める。

最近覚えたレクシュアの足音や歩き方と比べてゆっくりなのは、たぶん、ミミの歩幅に合わせてくれているからだ。

ミミは逸《はや》る気持ちを抑えきれず、ぴょんぴょんと飛び跳ねながらレクシュアの隣に並んだ。

「ラランと仲良くなったようだな。ずいぶん急に感じるが」

「さっきいきなり声をかけられたんです。それまでもちょくちょく気配は感じてたし、時々尻尾が見えたりもしてたから、僕の様子をずっとうかがってたんだと思います」

「警戒心の塊だからな」

「遠くに落ちてた服を持ってきてくれました」

「ラランが？　他人の手伝いをするなんて、これまでに一度もなかったんだが。それとも私が知らないだけで、これまでにも行動していたのかもしれないな」

「先に人柄を聞いていたせいで怖い人かと思ってたけど、ぜんぜんそんなことなかったし、すごくいい人だと思います。イリゼラの館のことなんかも、ちゃんと考えてます」

「どのような話を聞いたかわからないが、ラランの理解者がいるというのは、彼にとっては心強いだろう。ミミは子供たちにもすぐに懐かれたし、人に好かれるのだろう」

「兄弟が多いから、みんなと上手くやっていく術がわかるのかも？　友人はたくさんいましたっ！」

人に好かれる、とレクシュアが言ってくれた。だったら。

「レクシュアは？」

「……？」

問いかけの意味がわからなかったらしく、レクシュアはわずかに首を傾げた。

「僕のこと、好きですか？」

「ああ、もちろん」

はっきりと尋ねたら、即答した。

好きだと認めてくれたのに、うれしいはずなのに、軽くあしらわれたように感じてしまった。目の前にいるのに、遠い。

ミミは衣服を持っていないほうのレクシュアの手を握った。

レクシュアは少し驚いた顔を向けてきたが、すぐにふっと表情を崩す。

手を払いのけられなかったことにほっとして、ミミはさらにレクシュアの腕にぎゅっとしがみついた。

「レクシュア、僕が貴族の家に行くっていう話ですけど」

ミミがあらたまった口調で言ったら、レクシュアもまた少しだけ固い顔つきになった。真面目《まじめ》に話を聞いてくれようとしているのが伝わってくる。

「前にしてほしいことがあったら言ってほしいってレクシュアは言ったけど、僕、思いついたんです。貴族の家に行くまでは、ずっとレクシュアといたいです。もちろん仕事の邪魔をしたりしません。少し時間に余裕があるときとか、なかったら夜の間だけでもいいから、そばにいさせてください」

拒否されたくない一心で、ミミはレクシュアの腕にすがりついた。

太陽が沈み、いよいよ暗闇に包まれ始める。レクシュアの顔はかろうじて見えた。

ミミを見下ろす黄金色の目が、右に左に小さく揺れている。

その落ち着かない様子を見てミミのほうがかえって動揺してしまって、自分のお願いが失言だったと感じた。

やっぱり今のは忘れてください。

ミミがその言葉を伝えようとしたとき。

「もちろんだ。お安いご用だ」

直前の様子から、だめだと思った。嫌われたかと思った。けれどレクシュアは受け入れてくれた。

「本当ですかっ？」

「ああ」

「ありがとうございますっ！」

ミミはレクシュアの腕に頬をすり寄せた。

ミミの好きな香りを肺いっぱいに吸い込んだら、胸が締めつけられるような痛みを覚えた。いざここを出ていくときになったら、ミミはきっと苦しくて、今以上につらい思いをするのはわかっている。

だからこそ今のうちにできるだけレクシュアと時間を共有して、思い出を作りたかった。この先、ずっと忘れないように。楽しかった日々を思い出せるように。


午前中の勉強は、日替わりでワルドとキャロに教わっている。

ワルドもキャロも獣人属だ。

ミミは最初こそビクビクしていたが、一緒に勉強をしていくうちに、有耳属も獣人属も自分と同じでなにも変わらないということに気がついた。見た目の恐ろしさも、食べられてしまうという刷り込みがあってこそ。その心配がなくなった今、ミミはもう獣人属を見て怯えることはないだろう。

今日はキャロによる行儀作法の学習の日だ。ミミより少し年下でイリゼラの館の中では最も年齢の高い子たちが数人集められ、ミミもそこに加わった。今日は交尾についての話だった。

窓の近くにキャロが立ち、その前に置かれている椅子にミミたちは座っている。書き取りはないので机はない。

「だいたいは親兄弟友人、といった周囲の者たちから聞いて自然と覚えていくもので、勉強するものではないのですが」

とキャロは前置きする。

「イリゼラの館に来る子たちはそうではない場合もあるので、子供ができてもおかしくない年齢に差し掛かっている子たちには、ここで教えることにしています」

少し恥ずかしそうにしている子、なにもわかっていない様子の子、反応は様々だ。

「有耳属、獣人属、科、男性、女性、関係なく、私たちはだれとでも結婚できます」

ウォルトリアは同じ種族と結婚するのが当たり前だったから、ミミはルズガルト王国の制度には少々驚いている。

「有耳属と獣人属の組み合わせ、または同じ有耳属同士、獣人属同士でもたとえばイヌとネコといった科が違う組み合わせの場合、男同士、女同士。この場合は二人の間に子供はできません。だから昔からイリゼラの館が国中いたるところにあるのです。子供は神様の子。子供ができない夫婦はイリゼラの館で神様の子と出会い、育てます」

「お父さんとお母さんはトラとクマだったよ」

「僕のうちは有耳属と獣人属だった」

大きな子たちは病気や事故などで親を亡くしている場合がほとんどなので、両親の記憶がある子たちばかりだ。

「ミミちゃんは？」

「うちは両親ともウサギ。ウォルトリアでは別の種族と結婚はしないんだ。僕が知らないだけでよその地方ではしてたかもしれないけど」

「じゃあ家族全員がウサギさんなの？」

「そうだね」

「おうちの中には長い耳の人しかいないんだ」

「かわいいね」

ウサギがたくさんいるという図を想像して、子供たちは楽しくなってきたようだ。

夫婦となった二人は、実子だろうとよその子だろうと関係なく育てる。それがルズガルト王国だ。

キャロは子供たちと対話しながら、丁寧に教えてくれる。交尾の仕方など具体的な部分にまで踏み込んでくるので、ミミも少し恥ずかしくなった。

ミミはある程度の年齢なのでもちろん行為自体は知っているが、経験はないし、キャロが説明した発情期とやらもいまだに訪れていない。男も女も発情期がある者とない者に分かれるらしいので、ミミはきっとないほうなのだろう。

「先生、もしも発情期が来たらどうすればいいんですか？」

「恋人がいるなら恋人と相談しましょう。そうでない場合、来た場所にもよりますが、恋人以外との行為を望まないのであれば、家に閉じこもるのが最善でしょう。発情した者が近くにいると、相手がだれだろうと関係なく無理やり事に及ぼうとする者は存在します。怪我をする可能性があるし、心が傷つく場合もありますので、できるだけ自分の身は自分で守りましょう。またそういう者を見かけて、助けを求めていたら、手を差し伸べましょう。力に自信がないようでしたら人を呼びましょう。そして皆さんは、他者を傷つける行為はぜったいにしてはいけません」

はーい、と子供たちは素直に返事をした。

平民は王族や貴族と結婚できないという決まりもないようで、結婚相手が王侯貴族だった場合、平民は自動的に身分が高くなるし、イリゼラの館から引き取られた子も王族貴族となる。その子が将来的に親の領地を受け継いでいくのだそうだ。

こういう国だからこそ、外国から来た異種族のウォルトリア人に対しても手厚く保護し、それが当たり前なのだというように新しい家族を作ってあげようとするのだろう。

ミミは学習を通して、ルズガルト王国という国の考え方を少しずつだが理解し始めた。


イリゼラの館では年齢別に世話をする者が決まっており、ミミは十歳前後の子供たちの世話を任されている。午後は担当のリーゴー先生と一緒に近くにある山を散策した。

一年を通して暖かく気温の変化が激しくないルズガルト王国だが、今日は普段よりも少し気温が高かった。それでも皆、長袖を着ていて平気な顔をしているが、極寒の雪国育ちのミミにはなかなか厳しい。

山菜や綺麗な花を摘んだりしてイリゼラの館に戻ってきたときには、かなりへとへとになっていた。

「暑い……」

「ミミちゃん、大丈夫？　暑いなら水浴びする？」

ぐったりしていると、一人の男の子が声をかけてきた。

「水浴び？　水に入って体を冷《さ》ますの？」

「そうだよ。気持ちいいよ」

「どこにあるの？」

「裏庭の奥のほう」

「噴水よりもっと奥？」

「そう！　行こうよ。リーゴー先生、ミミちゃんともう少し遊んできていいですか？」

「いいですよ。部屋に戻る子たちに付き添って、落ち着いたら私も行きます。それまで水の事故には気をつけて。水の中では必ず二人一組で遊ぶこと」

「はーい！　ミミちゃん行こっ！」

子供たち四人に両手を引かれ、ミミは裏庭の奥に行った。

裏庭の片隅に小さな池があった。水は透明。丸みのある石で舗装されていて、子供たちの遊び場になっているようだ。

「そんなに冷たくないからずっと遊べるんだよ」

ミミは男の子に促され、石にひざを突いた。水の中に手を入れてみる。

「本当だ。温いね。このぐらいだと気持ちいいかも」

冷たすぎず、しかし体温より低い水温は、体の熱を下げてくれるだろう。

足を浸《ひた》そうかと靴を脱ぐミミの横で、子供たちは服を脱ぎ捨て次々に池に飛び込んでいく。

ミミのひざ丈程度の深さなので、よほどのことがない限り溺《おぼ》れる心配はないだろうけれど、子供たちから目を離さないよう心がける。

子供たちは歓声を上げながら、お互いに水をかけ合っている。当然そばに座っているミミにもかかるため、服はびしょびしょだ。

「淵《ふち》に座ってないで、ミミちゃんも入ろうよ。気持ちいいよ」

「そうだね。服、少し乾かさないと」

ミミは長衣と下穿きを脱ぎ、そばにあった木にかけた。

「ラランっ？」

見上げたら、高い場所にある木の枝にラランが座っていたのだ。

「ぜんぜん気づかなかった。いつからいたんですか？」

「昼寝してたんだよ。うるさくて目が覚めた」

「ここはたまにしか人がこないから、ラランちゃんのお気に入りなんだよ。暑い日は特に。木の上だと涼しいから」

子供たちが教えてくれる。

ミミは木の枝に服を引っ掛けながら言った。

「お昼寝の邪魔をしてしまってごめんなさい。せっかくだから、ラランも一緒に遊びませんか？」

「ラランちゃん、あそぼっ！」

「嫌だよ。水は嫌い」

ラランはつんと顔を背けた。

以前ラランはミミに「子供は嫌いだ」とはっきりと言ったが、本人たちがいるこの状況ではそれを言わなかった。やはり根は優しい人なのだと思う。

「じゃあ、気が向いたら下りてきてください」

ミミはすぐに話を切り替えて、池の中に入った。

「……気持ちいい」

全身のほてりを冷ますため、ミミは浅く座って肩まで水に浸《つ》かり、子供たちの様子を見ていた。小さい子たちと一緒に遊んでいると、折に触れて弟や妹たちと過ごした時間を思い出す。

みんな、元気かな……。

ミミはもうとっくに死んだと思われているだろう。別れ際の家族の顔や声を思い出したら、涙が出てきてしまいそうだ。両親はミミを送り出したことを悔やみ続けるのだろうか。

家族に二度と会えない寂しさはもちろん今でもあるけれど、イリゼラの館の人たちは本当によくしてくれるし、食事も考えられないぐらい豊かだ。そしてなによりもミミの気を紛らせてくれているのは子供たちの存在だ。心に空いた穴を、彼らが埋めてくれている。

そしてレクシュア。なぜ寝ても覚めてもレクシュアのことばかり考えてしまうのか、ミミはいまだに答えが出てこない。好きだから、であるのは間違いないのだが、それならばワルドやキャロ、ラランだって好きだ。けれど彼らとレクシュアでは一日の間に考えている時間の比率がぜんぜん違う。家族のことよりもレクシュア。ミミはいつも探しているし、見つけたらずっとそばにいたい。

ミミはすでにこちらでの生活に慣れつつある。家族が悲しんでいるのを知っているのに、頭の中は家族ではなくレクシュアで埋められてしまっている。ミミはそんな自分を少し責めてしまう。船の上であれだけ悲しんでいたはずなのに、薄情ではないか。

しかしこれもたぶん、ルズガルト王国の計らいのおかげなのだろう。ミミが悲しまないように、不自由がないように、そして故郷を思って泣く日々から解放するために、もてなしてくれるから。

「レクシュア先生っ！」

ミミは子供たちの声にはっとした。

どのぐらいの間ぼうっとしていたのか。体はすっかり水温に馴染んでいた。

皆が向くほうを見ると、レクシュアが一人でこちらに歩いてきていた。

「さっきリーゴー先生が後から来るって言ってたけど、レクシュア先生と交代したのかな？」

「リーゴー先生、忙しくなったのかも」

たとえば来客があったり子供が怪我をしたり急に体調不良になったり、理由はいくらでも考えられる。

池で遊ぶ子供たちを見守るのがレクシュアなら、少しだけ一緒に過ごす時間が与えられる。

ミミは水から飛び出し、レクシュアに駆け寄った。

ミミとの距離が近づくにつれてレクシュアの尻尾の揺れ幅がどんどん大きくなっていく。

少しぐらいなら、自信を持っていいだろうか。レクシュアにとってミミは、ほかの子たちとは少し違うのかもしれない、と。それとも右も左もわからないミミだから、ほかの子たちより少し気づかっているのか。

走ると体に着いている水滴が冷えて、体温が下がっていくのがわかる。

「レクシュアっ！」

レクシュアの顔を見ると、ミミは笑顔になる。池にやってくるのをまったく予期していなかったので、ミミはうれしすぎてレクシュアの周りをぐるぐる回る。

「子供たちと一緒に遊ぶんですか？　水浴びってしたことなかったけど、気持ちいいですね。水が透明で綺麗で、子供たちもとても楽しんでますっ」

「ミミ……」

レクシュアはミミの肩に手を乗せ、走るのをやめるよう促した。

「一緒に水浴びをしていたんだな。てっきり付き添いなのかと」

「付き添いのつもりだったんですけど、結局服がびしょびしょになっちゃったから、全部脱いじゃったんです」

困るというのとは少し違う、なんとも言えない微妙な顔で、レクシュアはミミをちらりと見てすぐに視線を子供たちのほうに向ける。

「レクシュア先生っ！」

「遊ぼっ！」

ミミに続いて子供たちも池から上がって駆け寄ってきた。

「ミミちゃんて尻尾あったんだね」

子供たちはミミの真っ白な尻尾を見ている。

「あるよ。みんなみたいに大きかったり長かったりしないから、普段は服の中に入れちゃってるんだ」

「ミミちゃん、お尻、赤いよ？」

「足首も赤い」

足首を見ると、ぶつっとした赤い膨らみがいくつかあった。真っ白なミミの肌に赤の斑点は目立つ。尻のほうは自分では見えなかったが、子供たちの中には手足に同じぶつぶつがある子がいたので、原因はすぐにわかった。

「山の中に入ったから、虫に刺されたんだね。お尻のは、服の中に入ってきたのかも。みんなにもあるけど、大丈夫？　かゆいよね。僕も足かゆい」

「かゆい！」

「でも我慢。掻《か》きむしっちゃだめだよ」

「うん！　我慢するっ！」

「毒虫でなければいいんだが」

レクシュアは、手に持っていた布を子供たちの体に掛けた。

水遊びは終わり、というのがわかったので、ミミは先に子供たちの体を拭いてやる。

「拭き終わった子は服を着て。最初に着替え終わった子は、木に掛かっているミミの服を持ってきてくれ」

子供たちは元気に返事をしてから池の周りに落ちている服を拾いに行った。

その愛らしい姿を見ていてふと気づいた。ついさっきまで木の上にいたはずのラランの姿はなくなっていた。

背後から、ミミにもふわりと布が掛けられる。

「ありがとうございます」

ミミが子供たちにしてやったみたいに、今度はレクシュアがミミの体を拭いてくれた。

耳の毛を丁寧に拭かれて、くすぐったい。けれど変な声が出ないように唇に力を入れて堪えた。髪の毛、体。レクシュアになにかしてもらっているという状況がうれしくて、この時間が終わらなければいいのにと願った。

「服はもう乾いているか？」

「まだだと思うから、部屋に戻ったら着替えます」

子供たちがミミの服を持ってきてくれる。

受け取ろうとしてレクシュアから離れたら、背中から抱きしめられた。

「……え？」

どうして？

布越しではあったが、背中にレクシュアの温《ぬく》もりを感じた。冷えた体がじんわりと温かくなっていく。

「布を」

「え？」

「人前では布を体に巻きなさい」

……そういうことか。

抱きしめられたのではなく、レクシュアはミミの体に布を巻きつけようとしただけなのだ。

ミミは大きな布を肩に掛け、胸の前で合わせて握った。

人前で裸になる抵抗感がなかったし注意を受けたこともなかったから気も回らなかったが、ルズガルト王国ではしてはいけないことのひとつなのだろう。

勘違いして、馬鹿みたいだ。

ミミは一瞬にして顔が熱くなった。

真っ赤になっているだろう顔を見られない方法を考える。

「あ、そうだ。レクシュアっ！　お尻の虫刺されって、どこにありますか？」

ミミはレクシュアに背中を向け、顔を隠す。そして布を持ち上げ、レクシュアが見えやすいように尻を突き出した。先ほど自分では見つけられなかったので、レクシュアに刺された場所を確認してもらおうと思ったのだ。

レクシュアからの返答がないので振り返りたかったが、顔を見られたくないとも思って、相反する気持ちがあるのでミミは尻を向けたまま固まる。

冷静に考えると、ひょっとしたらとてつもなく変な状況なのでは？　子供じゃないのに、レクシュアになにをお願いしてるの？　言われたほうだって困っちゃうのに。

ミミは自分の姿を頭に思い浮かべたらとてつもなく恥ずかしくなってきて、尻がぷるぷる震える。

「……ここだ」

レクシュアも相当困ったのだろう。声だけで心情は察した。しかし先生だ。ミミの質問にはしっかりと答えてくれた。

「……ひゃっ！」

虫刺されは尻というよりも左足の付け根に近い部分にあったらしい。尻の間をすっとなぞられて、変な声が出てしまった。

他人に触れられて初めて、ミミのそこは敏感な場所なのだと知った。触れられた部分がじんわりと熱を帯びてくる。

「……あ、ありがとうございますっ」

ミミは急いで布を下ろした。

熱くなったのは虫刺されだけではなかったのだ。

布を掛けてもらっていてよかった。なにもない状態だったら、ミミはもっと恥ずかしい姿をレクシュアにさらしてしまうところだった。

「……」

「……」

ミミが変な声を出してしまったので、気まずい空気になってしまった。

建物まで戻る間も沈黙が続いたが、限られた時間を大切に過ごしたいと考えているミミは、きっかけを探した。

「なんでレクシュアが迎えに来たんですか？　リーゴー先生は用事ができてしまったんですか？」

「ああ、そうだった。説明していなかったな」

ミミ、とレクシュアはあらためてミミの名を呼んだ。

ミミはレクシュアに耳を向ける。ひと言も聞き逃さないように。その声で、もっとミミの名を呼んでほしい。些細《ささい》なことであっても、心が満たされる時間を少しずつ積み重ねていきたい。

しかしミミの願いは無残にも打ち砕かれてしまった。

「ジェレミラ公爵がいらっしゃったのだ」

「……え？」

その名前には聞き覚えがあった。ミミが嫁ぐ予定の相手だ。


「突然の訪問で、我々も慌てて準備をしているところだ。リーゴーが古い知り合いなので、ジェレミラ公爵の対応を任せてきた」

だからレクシュアがミミを迎えにきたのだ。

「ミミはまだルズガルト王国にやってきてひと月も経っていないから、まずはこちらでの生活に慣れるのを優先させたいと思っていた。しかしとてもお忙しい方なので、少し早いがジェレミラ公爵のお時間が取れる今、ミミを一度会わせておきたい」

「そんな、急に……」

心の準備ができていない。

ただの友人としてという程度の認識であれば気負わずにいられるが、ジェレミラ公爵はミミがこの先ずっと一緒に暮らしていくかもしれない相手だ。緊張というよりもただ気が乗らないだけなのだが、できれば会いたくなかった。ミミが考えていたよりもずっと早くイリゼラの館から出ていかなくてはならないかもしれない。

「ジェレミラ公爵と会って、僕はなにをすればいいんですか？　すぐに結婚するんですか？」

「すぐに結婚するかどうかは人それぞれだ。その場で意気投合して、手続きは後回しにしてその日のうちに自宅に連れて帰る、などということも過去にはあった。あくまでも双方が合意した場合に限るが。いつも引き合いに出して申し訳なく思うが、ラランは最初の訪問のときはまず姿を見せない。貴族側もウォルトリア人を連れて帰りたいから、ラランの多少の無礼も目をつぶっていただけた」

「ジェレミラ公爵と僕が意気投合したら、僕は今日にもここを出ていくことになるかもしれないんですよね？」

さっきまでの幸せな時間はなんだったのだろう。

ルズガルト王国に来て、レクシュアと会って、まだ一か月弱。新しい生活に慣れ始めたばかりだ。

つい先ほどまで熱を持っていた顔から、一気に血の気が失せていく。

「ミミがまだ早いと思うのであれば、我々は強引に追い出したりはしない。それと、もしもジェレミラ公爵が嫌だというのであれば、別の方を紹介する。ジェレミラ公爵は少々変わったお方で貴族らしくないが、人柄がいいので、きっと楽しく過ごせるだろう」

今日突然別れが訪れるわけではないし、強引に連れ出されるのではないようで、ほっと胸をなでおろした。

とはいえ、いつまでもイリゼラの館で世話になるわけにいかないのは間違いない。もしもミミがラランのように公爵の元には行きたくないと言ったら、レクシュアが困ってしまうから。偉い人から怒られてしまう。ミミのせいでレクシュアの評価が下がるなんてあってはならない。

レクシュアを困らせたくない。嫁ぐのは嫌だけれど、それがレクシュアのためになるのなら。

ミミはイリゼラの館から出ていく決断を、近いうちにしなくてはならないのだ。

部屋に戻って着替えたミミは、レクシュアと一緒に応接室に向かった。

少々変わっている、貴族らしくない、とレクシュアは言ったが、ジェレミラ公爵とはどのような人なのだろう。怖くなければいいのだけれど。

たとえば彼がミミの運命の人だという可能性は？

新たな出会いに希望を見つけないと、ミミの心はぼろぼろになってしまいそうだ。

応接室の一番いい椅子に、男の人が座っていた。その正面にはリーゴーがいて、二人で談笑していた。友人らしく気安い雰囲気で、殿下と会ったときのような堅苦しさは感じなかった。

貴族は日焼けしないという固定観念があったが、ジェレミラ公爵は小麦色だ。

真っ黒な長めの髪の毛を後ろでひとつに結んでいる。大きなレクシュアよりも体格がさらによく、貴族というより軍人に見える。黒い耳と尻尾はクロヒョウだ。目が合ったとき、獲物として狙われたような殺気を感じてしまった。それぐらい、顔つきが鋭かった。

「ジェレミラ公爵、お待たせして申し訳ありません。ミミを連れて参りました」

「こちらのほうこそ急で悪かったな」

ジェレミラ公爵はレクシュアに言い、レクシュアの背中に隠れるようにして立っているミミに視線を移した。

「そなたがミミか」

「……はい」

ミミはレクシュアの陰から顔を出し、小さく頷いた。

ジェレミラ公爵にさらにじっと見つめられて、緊張感がさらに増していく。その影響があるのか無関係か、尻の虫に刺された部分が急にずきずきとうずき始めた。

「貴族の名前というやつは正式に名乗ると長ったらしくて、聞いたほうも最後ぐらいしか頭に入らないものだ。従って、俺のことはジェレミラ公爵という世間的に通っている名称で呼んでくれ。親しくなったら名前で呼んでもらおうか」

ジェレミラ公爵は片目をつぶった。

たしかに変わった人だな、というのが第一印象だった。

「噂どおりウォルトリア人はとても美しいな。ミミ、もっと近くで顔を見せてくれ」

ジェレミラに手招きされたが、ミミはレクシュアの体にしがみつく。足の裏が床に張り付いてしまったみたいに、その場から動けない。

「申し訳ありません。ミミは大変臆病な性格でして、特に初対面の場合、すぐに打ち解けられないのです。ご理解ください」

レクシュアがすぐに助け船を出してくれた。

「なるほど」

　ジェレミラ公爵はミミの非礼を笑って受け流した。

レクシュアは先ほど「ララの多少の無礼も許される」と言っていたが、こういうことらしい。ルズガルト王国におけるウォルトリア人の立ち位置は「希少価値」なのだろう。だから貴族たちは飾りとしてのウォルトリア人を所望する。

「ジェレミラ公爵は旅がお好きで、一年のほとんどを屋敷以外の場所で過ごされているんですよ。社交界にもめったに顔を出されないし、だから過去にやってきたウォルトリア人についても、あまり姿をご覧になったことがないそうです」

リーゴーが彼について教えてくれる。

「最近はずっと暑い地方を回っていたから、すっかり真っ黒だ」

豪快に笑うジェレミラ公爵の声が大きくて、ミミはビクッとした。

大丈夫か、と案ずるように、レクシュアがミミの肩を抱く。

「俺ももういい歳だし、そろそろ落ち着いてくれと親に言われてしまってな。ちょうどいい機会だったのもあって、今回の話を進めてもらったんだ」

細かいことは気にしない、豪胆な性格のように感じた。明るくて活発で行動力があって、皆から頼りにされていそうだ。

彼が、この先ずっと一緒に暮らす人なのだ。

運命を感じるか？　と問われたら、違う。それとも自分ではなにも感じないだけで、出会いこそが運命の証なのか。

「そういえば、レクシュア、これ、どう思いますか？」

リーゴーがジェレミラ公爵の腕を指さす。

左腕の手の甲に近い部分に赤い痣があった。あえてなにかに例《たと》えるとするなら、犬かなにかが横を向いているような形に近い。

「イリゼラの館に来る間に急にここが熱を持ち始めて、この痣が浮上していたそうなんです。膨らんでいたり刺された痕があったり、ということがないので、虫が原因ではないと思うのですが」

「朝まではたしかになかったぞ」

「状況から、ひょっとしたらウォルトリアの古い言い伝えにあるというあの赤の刻印では、なんて、二人で冗談を言っていたんですけどね」

リーゴーは世間話程度の感覚だったのだろう。しかしレクシュアはジェレミラ公爵の腕を見て、大きく息を飲んだ。

「レクシュア？　なにか心当たりでも？」

リーゴーは首を傾げる。

ミミもレクシュアの反応の意味がわからず、黙って彼らのやり取りを聞いていた。

「ミミの体にも同じものが……」

「本当ですか？　まさか、本当に赤の刻印なのでは？」

リーゴーは驚いた顔でミミに尋ねた。

「……」

自分で見ていないからわからない。

返事ができないミミに代わって、レクシュアが答えた。

「先ほどまでミミは池で水浴びをしていたんです。そこで子供たちに指摘され、私も確認しました。ミミも初めて知ったようです。水浴びする前は山で遊んでいたそうなので、私たちは虫刺されだと思っていたのですが」

「赤の刻印であったら面白いな。俺たちは運命の恋人かもしれない」

「伝説を信じていらっしゃるのですか？　意外ですね」

リーゴーはからかう口調だ。

「信じてはいないが、もしそうだとしたら興奮しないか？　それで、ミミのその痣とやらはどこにある？」

「それは……、際どい場所にありまして……、今ここでお見せするわけには……」

「ほう。そなたはその際どい場所にあるものを見た、と？」

「いえ、それはその、確認する流れで……」

部屋の中に、ぴりっとした緊張が走った。

「はっはっはっ、冗談だ。本気にするな。世話係が子供たちの怪我などに注意を向けるのは当然だ。そなたは真面目な男だな」

ジェレミラ公爵はすぐに空気を変えた。どうやらからかわれたらしい。

気取ったところがなく、陽気な人だ。会ったばかりなのですぐに好きだという感情は持てないが、ジェレミラ公爵と暮らしても寂しさは感じないかもしれない。

ミミはほとんど口を開くことがないまま、最初の面談を終えた。

「ミミ、俺たちは運命の恋人かもしれないな。次はいつになるかわからないが、できるだけ都合をつけて近いうちにまた来る。そのときは声を聞かせてくれ」

豪快な性格でも貴族なので、紳士的だ。ミミに一度も触れることなく、ミミが口を開かずとも責めたりはしない。

見送りのために同時に部屋を出たとき、廊下にラランがいた。

ラランらしくもなく、ビクッと驚いたような動きをしたのが印象的だった。びっくりしたのか尻尾が膨らんでいる。

「ララン、どうしたんだ？」

客が来るとまず姿を消してしまうと言われているラランが応接室の目の前にいたものだから、レクシュアもリーゴーも驚いている。ミミも今まで建物の中でラランを見たことがなかった。

「……」

鉢合わせするや、ラランはこちらの呼びかけを無視してすぐにどこかへ行ってしまった。

「あの者は？」

ジェレミラ公爵がレクシュアに尋ねる。

「数年前に来たウォルトリア人です。何度か貴族に輿《こし》入れしましたが、どなたとも合わずに戻ってきて、今ではここで生活しています」

「彼がそうなのか。気性が荒くて扱いに困った、という話を知人から聞いたことがある」

「嫁ぎ先で夫婦として生きるのが耐えられないのではないかと推測しています。他人と歩調を合わせたりかまわれたりするのがとにかく嫌いです。我々は彼に住まいだけ提供して後は自由にさせているから、上手くいっているのだと思います。こちらにやってくるウォルトリア人の境遇を考えると強要するのもかわいそうですし。ここと同じ対応をしてくれる方が現れれば、ひょっとしたらそちらでは上手くいくのかもしれませんが」

「貴族はウォルトリア人の伴侶を連れ歩いて自慢したいから、無理だろうな。ミミ、俺はそんなことはしないから安心しろ。ミミが望むなら旅をしようじゃないか」

ジェレミラ公爵の気持ちは固まっているようだった。ミミさえ承諾すれば、晴れて夫婦となる。

出入り口に向かって歩いているとき、ジェレミラ公爵はふと廊下の奥のほうを見た。

ジェレミラ公爵の目の動きが、なにかを探しているように見えたのは、ミミの気のせいだろうか。

面談はすぐに終わってしまったので、夕食までにはまだ時間があった。

子供たちに合流して一緒に遊べばいいのだが、将来について考える時間がほしくて、ミミはリーゴーに断って敷地の外に出た。

急坂を一人で下りていく。

途中なんとなく気配を感じ振り返ると、距離を開けてラランがミミの後についてきていた。

ミミは足を止め、ラランが追いつくのを待つ。

「ララン、さっきはどうしたんですか？　お客さんが来ると姿を隠してしまうって聞いてたから、僕、驚きました」

「別に……。たまたま通りかかったんだよ。あっちがちょうど部屋から出てきたから驚いただけ」

「ジェレミラ公爵を見ましたよね？　会話してないからよくわからないかもしれないけど、どう思いますか？」

「どう、って？　別になにも思わないけど。俺がいいって言ったら安心するならいくらでもそいつのこと褒めてあげるけど」

「そういうわけじゃ……」

レクシュアたちがこの人は問題ないとしてミミと引き合わせているのだから、人柄的には問題ないとは思う。

「運命の恋人かもしれない、って言われて困惑してるんです。急に僕たちの体に痣が現れて……」

坂を下ってしばらく進むと、海が見えてくる。ミミとラランは砂浜まで下りて、波と並行して歩いた。

「あれって迷信だよね？　信じてる人、いるんだ」

「本当だったらいいな、って僕は思ってましたけど。僕は信じてました。でもほとんどの人は迷信だと思っていますよね。実際にそういう人がいたなんて話も聞かないですし」

「実際にそうだったとしてもそうじゃなくても、一回一緒に暮らしてみればいいと思うよ。そうしたら真実がわかるんじゃない？」

「そうですね」

今はまだジェレミラ公爵と行動を共にする未来を頭に思い描けないが、ミミがイリゼラの館での生活に慣れたように、いずれジェレミラ公爵との生活にも馴染んでいくのかもしれない。

「ひとつ聞きたいことがあって……。その、ラランにしか聞けないなって……」

「なに？」

ラランは面倒臭そうに答えた。

聞きづらい内容だが、経験者がいる今、嫁ぐ前にこれだけは確認しておきたい。

「あの、ラランは、嫁ぎ先の貴族と……、その……」

しかしやはりなかなか踏み込めず、ミミはしどろもどろになる。

ラランはミミの聞きたいことを察知したらしく、短いため息を漏らした。

「してないよ。するわけないじゃん」

「えっ？」

「聞きたいことって、それじゃないの？」

「あ、えっと、そ、そうなんですけど……。そっか、しなくていいんだ」

「なにほっとしてるの？　俺は相手との生活を拒んだ結果だよ。結婚したのにしません、は通用しないに決まってるでしょ」

「やっぱりそうなんだ。ジェレミラ公爵は明るい方だと思うんですけど、なんだか怖くて。この先もずっとそういう気持ちになれない気がするんです」

「だったらそれを相手に伝えて断りなよ」

「そのときが来たら、そうしてみます。ララン、ありがとうございます」

実際にできるのかどうかはまた別の話だが、心の片隅に置いておく。

「あれ、カラスですか？」

「カラスって大きさじゃないと思うけど。鷲《わし》じゃない？」

遠くの上空に、大きな鳥が飛んでいた。

同じ場所をぐるぐると旋回しているのは、砂浜になにかがあるからだろう。

ラランはいきなり足を速めた。

近づくにつれて、その大きさに圧倒される。羽を広げた状態の鷲はおそらくミミの身長よりはるかに大きい。

「ララン……、怖いよ。襲ってこない？」

ミミはラランの服をつかみ、引き返そうと促す。しかしラランはお構いなしに、どんどん鷲に向かっていった。

旋回していた鷲が両翼を広げたますますうっと砂浜に下りてこようとしている。その先にあるなにかにいち早く気づいたラランが、ミミをその場に残して走り出した。尻尾が太くなっていて、危機を察知しているようだった。

「ま、待って！」

ミミもラランを追いかける。

しかし足の速さの差は歴然としており、ミミは一瞬で引き離されてしまった。

「ララン、危ないっ！」

鷲が到達地点にたどり着くのと、ラランがそこに飛び込むのと、ほぼ同時だった。

鷲は再び空へ戻っていく。爪で獲物を捕えた様子はなく、ラランの頭の上を優雅に飛行している。

なにが起きたのか。

やっとのことで現場にたどり着くや、ミミはラランに驚くべき存在を渡された。

「服の中に隠してっ！」

「え？　……えっ？」

「早くっ！」

「は、はいっ！」

言われるままに服の中に隠したのは、白い毛の中に黒の模様が混ざったユキヒョウの耳と尻尾がついている赤ちゃんだった。ラランの服の中には二人。合計三人の赤ちゃんが、鷲に襲われそうになっていたのだ。

ラランに飛びかかられた赤ちゃんたちは驚いて大泣きしている。

胸元から中を覗いてみたが、怪我をしている様子はなくてほっとする。

赤ちゃんの顔についている細かい砂を払い落とし、背中を軽く叩いて落ち着かせる。

「鷲、まだ上にいるよ……。また襲いかかってくるんじゃ……」

「あの種類は人の大人は襲わないから大丈夫。赤ん坊だから食べられそうになっていたんだよ」

「食べ……」

ミミはすっと血の気が引いた。

ラランが気づかなければ、間に合わなければ、確実に一人は連れ去られて鷲の餌になっていただろう。

「館に連れていくよ」

「親が近くにいるかもしれないのに？」

「いたとして、食ってくださいと言わんばかりに砂浜に放置しないよね。危険な状況にさらす親ってどうなの？　保護してるっていうのをレクシュアから言ってもらえば、そのうち親に伝わるでしょ。捨ててないんだったら引き取りにくるよ」

「そっか……、そうだよね。だったら早く帰ったほうがいいかも」

「先に戻って俺が助けを呼んでくるから、もしもまた襲ってくるようなことがあっても、それまでは耐えなよ」

「わかりました。赤ちゃんを守ります」

ミミがしっかりと頷くと、ラランは子供二人を胸に抱えたまま走り出した。続いてミミも後を追う。

大人は襲わないという情報は正しいようだ。鷲はしばらく上空を旋回していたが、諦めたらしく、そのうちに遠くの空に消えていった。

ほっとして走る速度を落とし、坂の上に到達して姿が消えかけているラランを見た。

「ラランっ！　背中っ！」

ラランの背中に、縦の直線を描くようにうっすらと血がにじんでいた。

子供たちをかばったときに鷲の爪に引っかかれたのだろう。血液の量を見るに深い傷を負っているわけではなさそうだが、ラランも早く手当てをしないと。

ミミは先を急いだ。

ラランの姿が見えなくなり、ミミがようやく坂の真ん中辺りまでたどり着いたとき、レクシュアを含む数名の先生たちがバタバタと駆け下りてきた。

「ラランから聞いた。ミミ、大丈夫か？　怪我は？　すぐにミミを助けに行けと言われて詳細を聞いていないのだが、なにが起きたんだ？」

ミミは砂浜での状況をレクシュアたちに説明した。話しながら現場の様子を思い出してしまい、鳥肌が立った。

「それで、そのときにラランが背中を引っかかれてしまったんだと思います」

「ラランは今手当てを受けているから大丈夫だ。赤ん坊も無事か？」

「すぐに隠せって言われて服の中に入れてしまったのでわかりません。でもこの子たちの代わりにラランが怪我したと思うので、子供たちは大丈夫だと思います。僕が一人、あと二人はラランが抱っこしてました」

「……よかった」

「ミミ、赤ちゃんをこちらへ。怪我をしていないか調べましょう」

ミミは赤ちゃんを服の下から出して、赤ちゃん担当の先生に託した。相変わらず大泣きしているが、目に見える怪我はしていないようなので安心した。

「ラランが抱いていた子と同じユキヒョウですね。兄弟でしょう」

「親が捨てた可能性もあるが、目を離した隙に連れ去られて砂浜に置かれた、といった場合もあるな。

後者なら探しているはずだから、我々が預かっていることを周知させよう」

ミミたちはラランから少し遅れてイリゼラの館に戻った。

驚いたにしては長い時間泣いている。お腹が空いているのか、もしくは人見知りか。お母さんを探しているのかもしれない。大きさから見て、まだ一歳にはなっていない。

「念のため、赤ちゃんの怪我や体調を調べてもらいますね」

「ああ、頼む」

赤ちゃん担当の先生は、ユキヒョウの赤ちゃんを連れてイリゼラの館に戻っていった。医師がいるので、ラランも赤ちゃんも大丈夫だ。

「ミミ、少し散歩をしないか？」

午前中は勉強をして、山に行って水浴びをしてジェレミラ公爵と会って、そして鷲。一日で色々なことが起こりすぎてミミはへとへとだ。しかしレクシュアに誘われて、断るはずがない。

「はいっ！」

ミミはレクシュアに飛びついた。

ぴょんぴょん飛び跳ねるミミを見て、レクシュアが笑っている。ささやかなその笑みに、疲れなんか吹き飛んでしまうのだ。

どこへ行くとも決めず、坂を下っていく。

海岸沿いを歩いていくうちに、太陽はすっかり傾いていた。水平線の向こう側に顔を半分隠している。空も雲も海も、レクシュアの顔も、世界のすべてが真っ赤だ。

どちらからともなく砂浜に下りて、砂の上に座った。

太陽がじわじわと海に沈んでいく様を、二人でずっと眺めていた。

太陽が完全に海の向こうに消えると、空の端のほうから少しずつ薄紫色に染まり始める。

茜色と薄紫色が混ざった空に、次々と浮かび上がる星。

ウォルトリアにいたときは家の手伝いだったり弟妹の世話だったりで慌ただしかったし、ルズガルト王国に来てからも、景色をただぼうっと眺めたのはほんの少しだけだった。

真っ青だった空が、こんなに強い茜色になるなんて、ミミは知らなかった。自分が今まで知らなかった美しい景色を見る、ただそれだけで、とても大切な宝物を受け取ったような気持ちになれた。

綺麗だな、とミミは思った。

「美しい空だな」

ミミと同じタイミングで、レクシュアが言った。

ミミはまん丸の目をさらに大きく見開き、レクシュアを見上げる。

「どうした？」

ミミの表情が面白かったのか、レクシュアは口だけで小さく笑った。

表情はそう大きく変化はしないが、レクシュアの感情は尻尾が教えてくれる。

握りこぶしひとつ分程度の距離を開けて座っていたが、ミミはお尻をずらしてレクシュアに寄り添う。するとふさふさの黒い尻尾が左右に大きく揺れた。

同じ景色を見て同じ感想を抱く。気持ちが通じ合っているのではないかと錯覚してしまう。

「ジェレミラ公爵の件だが」

二人きりになりたかったのは、その話がしたかったからか。

ミミはがっかりした。

けれどレクシュアは神官長としての務めを果たさなければならず、ミミから聞き取り調査をするのは仕事のひとつだ。

「上手くやっていけそうか？」

「声が大きいから、ジェレミラ公爵が話すたびにいちいちびっくりしてしまいました。上手くやっていけそうかどうかは、わかりません」

いや、本当はわかっている。

会ってすぐの印象にすぎないが、努力すれば上手くやっていけなくはないとは思う。しかしミミにその気持ちが足りない。

「そうか」

レクシュアは困ったようにため息混じりに言った。

がっかりさせてしまったか。

「レクシュアには迷惑をかけないから安心してください。気持ちの整理ができたら、僕はジェレミラ公爵の元へ行きますから」

「……そうか」

今度は、ため息に落胆が混じっているように聞こえた。

「運命の恋人である可能性が高いから、最初は戸惑うかもしれないが、最終的には上手くいくといいな」

レクシュアは仕事に徹しているから、あまり本音を見せてくれない。肩同士が触れ合い、お互いの体温を感じられる距離にいるのに、ミミはレクシュアの頭の中が理解できていない。

砂浜で、ずいぶん時間を取ってしまった。薄紫色に支配された空は、次に藍色を運んでくる。辺りが薄暗くなり始めてきたので、真っ暗になる前に戻らないと何も見えなくなってしまって危ない。

「そろそろ戻るか」

立ち上がるレクシュアに、ミミは言った。

「レクシュア」

「なんだ？」

「僕、レクシュアが好きです」

「ありがとう。私もミミを大切に思っている」

施設に集められている中の一人として、とレクシュアは言っている。

「そういう意味じゃないです。わかってるくせに、なんではぐらかすんですか？」

「はぐらかしてなどいない」

「それは、うそ」

本格的に暗くなってきたので、ミミも立ち上がり、少し早目に歩いて、来た道を戻る。建物がある丘の上はうっすらと明るいので、ミミとレクシュアはその明りを頼りに坂道を上っていく。

「僕、ちゃんとジェレミラ公爵のところに行きます。行ったらここには戻ってきません。だから、ちゃんと受け止めてほしいんです。それができないのは、レクシュアが神官長だからですか？」

「……答えに困る質問だ。が、まあ、……そうだな。神官長という立場上、私はイリゼラの館にやってきた子供たちやウォルトリア人に特別な感情を抱いてはならないし、そうするつもりもない」

「でも、だめだって思ってもどうしようもないことってありませんか？　神官長だからだめだっていうなら、神官長じゃなかったらよかったんですか？」

ミミの中に激しい感情が込み上げてくる。問い詰めたってレクシュアを困らせるだけなのに。

「どちらにしても、肯定的な言葉は出てこない。なぜなら、もしもの世界は存在しないからだ」

レクシュアは仕事に徹している。感情の振れ幅も少なく淡々と仕事をこなしていけるのは、神の使いだからか。しかも同じ立場の者たちを取りまとめる長の役割を担っている。そこに上りつめるまで、真面目に取り組んできたのだろう。

一時的な感情に流されてミミがよろこぶようなことは言わない。もしもその気があるように見せてしまったら、ミミが戻ってきてしまう可能性があるからだ。その徹底した仕事への取り組みは尊敬に値する。同時に失望もしている。

「ひとつだけ、本心を言おう」

観念したのか、レクシュアが折れた。

たとえミミの望む言葉ではなかったとしても、レクシュアがミミに本当の気持ちを打ち明けてくれるのがうれしい。

「私はミミの幸せを願っている」

「僕の幸せは、レクシュアとずっと一緒にいることです……」

だから言うべきではなかったのだ。

レクシュアのため息から、そんな本音を受け取った。

坂道を上っていくにつれて、丘の上の明かりが強くなってくる。

目尻に浮かんだ涙に気づかれたくないから、ミミは袖でこっそりと拭った。

坂を上り切る手前で、ミミの足がふらついた。眩暈《めまい》がしたわけではなかったし、足が疲れたわけでもない。

「どうした？　大丈夫か？」

レクシュアがミミの腕を支えてくれた。

体に力が入らなくなり、ミミはレクシュアにもたれかかる。レクシュアもミミの異変を感じ、体を支えるためにミミの腰をつかんだ。

「ぁ……」

体がびりびりっとしびれて、吐息が漏れた。

途端にレクシュアの体臭を感じ取る。明らかに少し前よりもレクシュアの匂いは強くなっていた。

「はぁ、はぁっ」

ミミは足から力が抜け、地面にへたり込む。体を動かすと長衣や下穿きが肌をこすり、ミミは甘ったるい声を出す。

「レクシュア……なに、……これ」

力が抜けてもなお、ミミはレクシュアの足にしがみついた。離れたくなかった。

「ミミ……、おそらく発情期の症状ではないかと」

レクシュアの声から、はっきりとわかりやすい困惑が伝わってきた。

「発、情期……？」

「これまでに発情期の経験は？」

「……ない。初めて」

ミミは肩で荒い呼吸を繰り返す。

発情期がどんなものかなんて知らない。今ミミの頭の中にあるものは、レクシュアだけ。

「レクシュア……、怖い。助けて……」

「処理の仕方は教わらなかったか？」

ミミにすがりつかれて、レクシュアの声も震えている。

「教わったけど……、レクシュア行かないで……、あっ」

ミミはレクシュアの太ももに頰をこすりつけた。しかし体を支える力が抜けてしまい、ずるずると地面にへたり込む。

その様子を見ていたレクシュアは、かつてないほどの動揺を見せ、困惑しているようだ。

しかし助けを呼ぶにしても一度は建物の中に入らなくてはならないし、暗闇の中、敷地の外にミミを放置して人を呼びに行くわけにもいかない。

レクシュアが舌打ちした。

荒っぽい仕草を見せたのは初めてだ。ミミはレクシュアの些細な変化にぞくっとする。

「歩けそうにないか」

「……」

ミミは首を縦に振った。

足腰に力が入らないのも理由のひとつだが、なによりも一番危ないのが、下半身だ。

突如立ち上がった性器は、布が少しこすれただけでもふるりと震えた。

「では部屋まで運ぶが、少し我慢しなさい」

レクシュアはミミを抱き上げた。

「あ……、あぁっ……！」

レクシュアに触れられて、香りをかいで、抱き上げられた衝動で、ミミはレクシュアの腕の中で小刻みに震えた。

服を汚してしまった。

恥ずかしくて、ミミはレクシュアの首に抱きつき、肩に顔を埋めた。

衝動は収まらず、再び下腹部に熱が生まれる。

ミミを抱いてレクシュアが館に戻ると、ラランの様子を伝えるために待っていた先生と遭遇した。

「ラランの傷は浅く、かすり傷程度でしたので、すぐに治ります。赤ちゃんたちも怪我ひとつなく、問題ありませんでした。今、ラランと子供たち三人は、ラランの部屋で休んでいます」

「問題がないようで安心した」

「ミミも鷲に攻撃されましたか？　医師に診せますか？」

「いや、これは違う。こちらは大丈夫だ。部屋に連れていくから、食事は先に済ませてくれ」

「わかりました。お大事になさってください」

レクシュアは階段を駆け上がる。

「あっ……、んんっ、ぁっ」

そのたびに体が揺さぶられて、ミミは声が出てしまう。抑えるために噛んだレクシュアの長衣は、ミミの唾液でぐしょぐしょだ。

「ラランが部屋にいる、と言っていたな」

レクシュアは一度ミミの部屋に行きかけて、すぐに方向転換して自室に連れ帰った。

ずっと一緒に寝ていたから嗅ぎ慣れているはずの部屋なのに、今日は一段と強くレクシュアの香りを感じた。

ベッドに運んだレクシュアは、ミミの体に上掛けをかけた。

「ミミの年齢だったら、一人で処理したこともあるだろう。体を拭くものや着替えを持ってくる間に済ませておきなさい」

「や、やだっ！　行かないでっ！」

ミミは起き上がり、半泣き状態でレクシュアにすがりついた。

下半身が濡《ぬ》れているのもレクシュアには伝わっているはずだ。みっともないのも自覚しているけれど、一人にしてほしくなかった。

レクシュアは眉根を寄せて厳しい表情をしていた。そうしている間にも、ミミはレクシュアの名を呼ぶ。

レクシュアはふっと息を吐き、ミミの長衣の裾をまくり上げ、下穿きを下げた。

ほっそりとした足の間は、部屋に戻るまでの間に何度か漏らしたミミの精液でぐしょぐしょになっている。それなのにミミの性器はまた芯を持ち始めていた。レクシュアに見られ、熱の解放を期待したのか、小ぶりなそれがふるりと震えた。

「レクシュア……」

黒い服が汚れてしまう気遣いもできず、ミミは下腹部をレクシュアにすりつけた。だれにも教えられていないのに、足を絡《から》めて腰を揺らしてしまう。

レクシュアは眉間《みけん》にしわを寄せ、険しい表情のままミミの性器に指をそっと絡めた。

「んんっ、あっ、あっ」

……レクシュア、困ってる。

ミミはわかっている。わかっているけれど、体が制御できないのだ。

しかしレクシュアはすぐに表情を隠した。躊躇《ためら》いや困惑といった空気を一切表には出さず、どろどろになっているミミを淡々とこすり上げる。

ミミはレクシュアにしがみつき、無意識に腰を揺らす。

ミミ自身やレクシュアの手を汚している体液と、新たに漏らした精液とが混ざり合い、くちゅ、くちゅ、と音がした。

「あ、あっ……、レクシュア……っ！」

初めて他人に触られた敏感な性器は、強い刺激を受けて再び精を吐き出した。

足腰に力が入らなくなり、ミミはレクシュアの首に両腕を巻きつけたまま、体重を預ける。

「落ち着いたか？」

レクシュアはミミを寝台に寝かせ、肩で息をするミミに尋ねた。

「ん……、あ……」

余韻が続いており、ミミは寝台の上で体をびくびくと震わせる。

「まだ……。もっと……」

「ミミ、そろそろ自分で……」

ミミは寝転がったまま、レクシュアを見上げる。

「レクシュア、して……」

潤《うる》んだ目でレクシュアを見上げ、甘ったるい声でレクシュアを呼ぶ。

「レクシュアに触られるの、すごく気持ちいいの……」

ミミは寝台に突いていたレクシュアの手に頬をすり寄せた。

この手がほしい。もっとしてほしい。レクシュアに触れてほしい。

本当は、ミミの体はそれ以上を望んでいる。レクシュア自身がほしいと訴えている。

「本能だから、致し方あるまい」

「はぁっ……！　あぁっ！」

収まる気配のないミミの欲求にたいして、レクシュアは再び応えてくれた。けれど手だけだ。レクシュアは最後まで、あくまでも応急処置的な対応だという態度を貫きとおした。

真夜中に、ふと目が覚めた。

机の上に蠟燭が置かれていたので、部屋の中がうっすらと見える。

目の前にはレクシュアの胸。ミミはレクシュアの腕の中で眠っていた。

汚れてしまった服や下半身は綺麗になっていたし、服も寝巻に着替えさせてくれたようだ。

どのぐらい眠っていたのだろう。

気持ちいい、とミミは涙目になりながら訴えたのを覚えている。その後、レクシュアはどのぐらいミミに付き合ってくれたのだろう。疲れて意識を飛ばしてしまうぐらいだから、相当長い間だったのではないか。

レクシュアに、なんて要求をしてしまったのだろう。発情期が収まった今、同じ台詞《せりふ》をもう一度レクシュアに言ってみろと言われても、ミミは恥ずかしくてぜったいに無理だ。それぐらいのことをレクシュアにしてしまった自覚は充分にあった。

自身の痴態《ちたい》を思い返したら頭が妙に冴えてしまって、二度寝はできなそうだ。

ミミは深く息を吸い込んだ。

なんていい匂いなのだろう。男の人の匂いでもあって、でも甘くて。レクシュアの匂いを嗅ぐと、気持ちが安らぐ。

レクシュアの胸に顔を寄せると、レクシュアはミミの背中に腕を回し、抱き寄せるような仕草をした。

「……っ！」

起きてるのかな？

ミミは息を潜め、レクシュアの様子をうかがう。

規則正しく動く胸。深い呼吸。たぶん、眠っている。

無意識なのにミミを抱き寄せてくれるということは、レクシュアはミミを大事に思ってくれているのではないか。それとも、恋人かだれかと勘違いしているのか。

それだと気持ちがしぼんでしまうから、ミミは都合よく考える。

我を忘れてしまうほどの興奮状態は初めてだった。経験はなくともわかる。ミミはレクシュアがほしかった。

つまり、レクシュアと交尾がしたかった。交尾したい、とはっきりと感じたのはレクシュア以外にいない。

こういうのを考えるのは恥ずかしいことなのかな……。

ミミは恥ずかしいのとみっともないのとで顔が熱くなった。

イリゼラの館にはミミと同じ年頃の子もいるから、過去に一人や二人、ミミと同じ状況になった者がいても不思議ではない。

発情期は珍しいことではない、とレクシュアは言っていたし、先生だから処理も手伝ってくれた。

キャロは交尾の具体的な方法まで教えてくれた。照れる子供たちに、恥ずかしいことではない、とも言っていた。

発情期自体は恥ずかしくなくても、ミミは自身の行動を恥じている。レクシュアにすがりつき、服や手を汚してしまったことだ。

レクシュアは困った顔をしていた。しかし、体をすり寄せるミミに対して生理的な体の反応だと割り切り、触れてくれた。

でも、それだけだった。ミミはジェレミラ公爵の元へと行くから。

けれどミミに触れたレクシュアの手はとても優しかった。ミミを好きなのではないかと錯覚してしまうほどに。

一方で、ミミは確信した。自分はレクシュアが本当に好きなのだ、と。

発情期だろうと分別はある。だれでもいいわけではない。先生という意味であのときの相手がキャロだったとしても、こんな感情は生まれない。レクシュアだからだ。だからこそ、ただミミの性を発散させるだけのために触れたレクシュアが寂しかった。

遠くからなにか音がして、ミミは耳を澄ませた。

赤ちゃんの泣き声だ。

イリゼラの館には小さい子がいるから夜泣きは不思議な光景ではないのだが、部屋は一階にあるから、まずこんなにはっきりとは聞こえない。

どこから聞こえてくるのか。

一向に泣きやまない赤ちゃんの声が気になって、ミミは気だるい体をどうにか起こした。するとその動きでレクシュアも目を覚ましてしまった。

「どうした？」

「あ、あのっ……、赤ちゃんの泣き声がずっとしてて……。もう一人増えたかな。声が近いから気になってしまって……」

つられて別の子も泣き始めたようだ。

数時間前の出来事や自分の行動を思い出してレクシュアの顔が見られない。

「おそらくラランの部屋だろう。昼間保護した三人の子供たちは、ラランが世話をしている」

もじもじしているミミとは対照的に、レクシュアは淡々としていて大人の対応だ。ミミが気にしないように、とあえてそのように装ってくれているのかもしれない。

「ラランが？」

「ああ。手放そうとせず、部屋に籠《こ》もっている」

レクシュアは眠ったミミを部屋に残し、夜中まで仕事をしていたそうだ。ラランは傷の手当ての間も子供たちを連れてこいと大騒ぎし、連れて行ったら抱きしめて離そうとしなかったらしい。

「鷲に襲われた影響か、ラランはかなりの興奮状態だった。しかし子供たちを連れて行ったら落ち着いてきたのと、我々に返そうとしなかったのもあって、ラランに任せたのだ」

「子供は嫌いって言ってたけど、言葉だけだったのかな。子供たちと遊んでる姿も見たことないですけど」

「大人と違って子供たちはラランに向かっていくから、構われたくない、という意味では嫌いなのだろう。苦手、という言葉のほうが正しいかもしれない。しかし本当に嫌いだったら、イリゼラの館にこんなに長く住まないだろう」

「たしかに」

ここは子供のために存在している建物なのだから、レクシュアの言葉はもっともだ。

ミミはふっと笑った。

レクシュアが普段どおりの態度を貫いてくれるから、ミミもいつもどおりでいられる。

子供の泣き声の二重奏の音量が次第に大きくなっていく。

「様子を見に行っていいですか？」

「構わないが、ラランが扉を開けるかどうか。部屋に人を入れないからな」

「緊急事態が発生していたら入れてくれるかも」

「それもそうだな」

ミミとレクシュアはそれぞれ蠟燭を持ち、ラランの部屋に向かった。

驚いたことに、ミミの部屋の隣がラランの部屋だった。近づくにつれて赤ちゃんたちの泣き声が大きくなり、扉の前に立ったら、ラランの部屋の中から聞こえてきているのがはっきりとわかった。

「ララン、起きているか？」

レクシュアが扉を叩いたが、反応はない。

寝ているのかな？　こんなに大泣きしている赤ちゃんがいるのに熟睡できるの？

ミミも扉の外からラランに声をかけた。

「ララン、赤ちゃん大丈夫ですか？　手伝えることないですか？」

「……ミミ？」

少し遅れて反応があった。

「そうです。ミミです。赤ちゃんたちの声が聞こえてきたから……」

「ミミだけ入っていいよ」

館長であるレクシュアすら拒む、徹底した縄張り意識だ。しかしなぜかミミだけは許可される。

ミミは助言を求めてレクシュアを見上げた。

レクシュアは首を小さく縦に振る。

「じゃあ、私は部屋に戻る。助けが必要だったら呼んでくれ」

「わかりました」

ミミ一人だけ、ラランの部屋に入った。

部屋には蠟燭の明かりがひとつだけ。ミミが持っているのと合わせても暗くて、室内の様子はよくわからない。

ラランの寝台はミミの倍以上はありそうだ。高さがなく、床から少しだけ浮いている程度の低さだ。

ラランはその端に腰かけ、右腕と左腕に赤ちゃんをそれぞれ抱いてあやしていた。もう一人は寝台の真ん中ですやすやと眠っている。

ラランの腕に抱かれている赤ちゃんのうち、一人は完全に夜泣きで、もう一人は赤ちゃんの泣き声に反応して目が覚めてしまいぐずっている様子だ。

「背中、大丈夫ですか？」

「ちょっと引っかかれただけだから大丈夫だよ」

「熱も出てないですか？」

「大丈夫だってば」

「よかった。ララン、一人、手伝いますか？」

ミミは蠟燭を寝台のそばの机に置き、ラランに手を伸ばした。

断られるかもしれないと思ったが、状況が状況なだけに、ぐずっている子をミミに差し出した。

両腕でしっかり抱き、背中をとんとんと軽く叩く。立ったまま体をゆらゆらさせていると、赤ちゃんの泣き声はすぐに弱々しくなっていった。

「……すごいね」

ラランはため息混じりに言った。

眠れなくてつらい思いをしているのはラランも同じだ。背中の傷だって痛いかもしれない。

「弟と妹がいっぱいいたから慣れてるんです」

「いっぱいって？　五、六人？」

「お世話したのは二十一人」

亡くなってしまった子も、ミミが面倒を見た。

「……すごい人数。休まる暇ないね」

ラランは驚きに目を見開いた。

「言われてみれば、慢性的な寝不足だったかも」

狭い部屋でぎゅうぎゅうになって眠っていた日々を懐かしく思い、ミミは感傷的な気分になる。

ラランに抱かれている赤ちゃんは、ラランの胸をまさぐり口を寄せる仕草をしている。

「おっぱい探してますね」

「おっぱい？　離乳は済んでるって医者は言ってたけど」

「離乳してるなら甘えてるんだと思います」

「乳なんて出ないけど、それでも吸わせてやるべき？」

ラランは片手で胸の合わせを開いた。

真剣な眼差《まなざ》しを向けてくるラランがかわいらしいと感じた。自分に正直で、根が真っ直ぐだ。

そうしたほうがいい、と言ったらラランはおっぱいを吸わせるに違いない。

「それは最終手段として、ひとまずお水飲ませてみましょうか。全員それがいいってわけではないけど、子供によってはそれですっと寝てくれたりしますし。それでだめだったら庭に出て外の空気を吸わせるといいと思います。だいたい泣きやみます。それ以外にも方法はあるから、泣きやまなかったら色々試してみましょう」

「経験者って頼もしいね」

ミミは食卓を探し、ラランの飲料用の水を運ぶ。匙《さじ》で掬《すく》って飲ませると、赤ちゃんは泣きやんだ。しばらくするとまた泣いて、水をあげて、と繰り返していくうちに、大泣きしていた赤ちゃんもようやく深い眠りについた。

それぞれ抱いていた赤ちゃんを寝かせた。

落下しても怪我するような高さではないが、赤ちゃんの横に落下防止のために枕などを置き、ラランは赤ちゃんを胸に抱えるようにして寝台に横たわった。

「助かったよ。ありがとう」

ラランの声は疲れていたが、眠っている赤ちゃんたちの頭をなでたり顔を寄せたりしている様子は、まるで自分の子供のように大切に思っているように感じた。とても優しい顔をしている。

「なんで赤ちゃんたちを先生たちに返さなかったんですか？」

「わかんない。子供はうるさくて嫌いだけど、海岸で助けなきゃって思ったとき、かわいいなとか思っちゃったのかもね」

助けなければ死んでしまう。大人がいないと生きていけない。そう思ったとき、ラランの中で気持ちが切り替わったのだろう。実際に世話をするとなると大変だし、しかも三人も同時になんてかなり難しいが、ラランがそうしたいのであればミミも助けになりたい。

「もうひとつ質問があります。なんで部屋に僕だけ入れてくれたんですか？　レクシュアは館長だし、信頼できる人だと思うんですけど」

「ミミは人がよさそうだから、かもね。悪意とか皆無でしょ。俺の勘は当たるんだよね。言っとくけど、ほかの先生たちが悪いって話じゃないから」

「大丈夫です。わかります。そんなふうに思ってくれていたなんて、うれしいです」

人がよさそう、と言われてミミはくすぐったかった。

「僕もラランが好きですよ」

「そういうの、やめてよ。興味ない」

ラランはつんと顔を背けたが、尻尾がぴんと立っているので機嫌はよさそうだ。

「赤ちゃんたち、もう大丈夫かな。困ったらいつでも呼んでください。部屋が隣だったの、今知りました」

「助けてほしいときは、ミミの部屋側の壁を叩くから」

「音が聞こえたら飛んで行きます。……あ、でも、近いうちにここを出ていくかもしれないから、それまでの間ですけど」

「出ていくの？　昼間のあいつ、気に入ったんだ？」

ラランは意外という顔をした。

「気に入ったとか、そういうのはぜんぜんないんですけど」

「じゃあなんで？　話したんでしょ？　どんな人だった？」

ラランは矢継ぎ早に質問してきた。

心配してくれているのかな？。

「どんな……、旅が好きで一年中旅をしてるって言ってました。貴族って澄ましている印象だったんだけど、ジェレミラ公爵は下町のおじさんみたいな陽気な人でした。明るい人」

「ベタ褒めだね。いい人そうでよかったね」

ラランのお気には召さなかったか。途端に興味なさそうな沈んだ口調になった。

「褒めたわけじゃないですし、ジェレミラ公爵と一緒に生活をするってのもぜんぜんぴんときません。でもいつまでも僕がここにいたらレクシュアも困るだろうし、どうせ行くのは決まってるんだから、だったら一年後でも明日でも同じかなって思って。長くここにいたら、出ていきたくなくなっちゃうし」

「前も言ったけど、レクシュアってミミのことすごく好きだと思うけど？」

「もしもそれが本当だったとしても、レクシュアは仕事が優先ですから。僕は相手にしてもらえません」

数時間前の自分を思い出して、うっすらと涙が浮かんできた。

ミミは袖でごしごし顔を拭う。

「俺はそういうレクシュアこそ褒めるべき部分だと思うけどね」

「どうして？」

「貴族のところに行くのが決まってる相手に手を出すクソ野郎じゃない、ってこと。言わなきゃバレないいんだから、人格がクソだったら歴代のウォルトリア人全員が手を出された可能性だってある。でもレクシュアはバカがつく真面目。ミミのことが好きだったとしても態度に一切出さないのは、ミミがここに未練を残したらかわいそうだって思うからじゃないの？」

「そうなんでしょうか」

「本音なんて本人にしかわからないけど。俺、ミミより長くここにいる分、レクシュアのこともミミよりわかるから。全部が正解じゃなかったとしても、少しぐらいは当たってるよ」

ラランはミミを慰めようとしてくれている。

周囲が知らないだけで、もしかしたらラランの後に来たウォルトリア人にも同じように接していたのかもしれない。

「ミミってさ、なんでそんなにレクシュアのことが好きなの？」

「なんでだろ……。わかりません。でも、思い返してみると、初めて会ったときから好きだったのかも。ルズガルト王国に着いて最初に会ったのは軍人だったけど、彼にはそういう気持ちは抱かなかったし、殿下ともお会いしたけど、やっぱりそうじゃなかった。ラランにだってほかの先生にだって感じないし。レクシュアだけが特別だったみたいです」

ラランに説明することで、ミミは自分の気持ちに整理がついてきた。

「ララン、話を聞いてくれてありがとうございます。ラランがここにいてくれてよかったです」

見ず知らずの国にやってきて不安しかなかったミミと同じ境遇のララン。彼がいてくれなかったら、鬱々《うつうつ》とした日々がもっと長く続いていたに違いない。

レクシュアについてもそうだ。

一人だったらもっと悶々《もんもん》と悩み続けていた。けれど気持ちを言葉にして、他人からの声を聞き、ミミは急に自分がすべきことがわかった。そして、好きだという思いだけでどうにかなる問題ではないのだということも。

「じゃあ、僕、部屋に戻ります」

「上掛け、かけて」

ラランは大きなあくびをした。

ミミは蠟燭を片手に持ち、最後に子供たちの寝顔を見ようと寝台に近づいた。

うとうとしているラランの胸が大きくはだけていたのは、さっきおっぱいの話をしたからか。

「……っ！」

服の乱れを直そうとしたミミは、ラランの胸元を見て息を飲んだ。

「……ララン？」

「……なに？」

寝入りばなに名前を呼ばれたラランは、ぼんやりとした返事をした。

「胸に赤い痣がありますけど、昔からありましたか？」

「痣？　ないよ。気のせいだって」

「そうですか」

暗くてよく見えない。火の影がそのように見えたのだろう。

ラランが寝る体勢に入ったので、ミミは上掛けをかけてからレクシュアの部屋に戻った。

扉を叩くとレクシュアが開けてくれた。

「ラランと子供たちの様子はどうだった？」

「二人同時に泣かれて困ってたみたいなので、気づいてよかったです。話もできたし、行って正解でした」

「ラランに友達ができて、私としてもうれしく思っている」

「はい。ラランと出会えてよかったです」

ミミは蠟燭を机の上に置き、レクシュアを見上げた。

「あの、少しお話が……」

ミミは今から、自分の決意を伝える。

ミミの真剣な眼差しに、レクシュアもなにか感じ取ったか。顔が引き締まった。

これを言ったら最後だ。そんなのはわかっている。

わかっているからこそ、ミミは自分の言葉で終わりを告げるのだ。そうしないと、この先ずっとここで足踏みをしたまま前に進めないから。もしも足を止めたり引き返したりしたくなるような場面が訪れたとしても、自分で決めたのだからと、踏みとどまれるかもしれない。

ミミはすうっと息を大きく吸い込んだ。

「僕、ジェレミラ公爵の元に行きます」

「ミミが承諾したと聞いてすっ飛んできたぞ」

ミミがレクシュアに「行く」と宣言してから数日、ジェレミラ公爵がイリゼラの館にやってきた。

「やあミミ、会いたかった」

裏庭で子供たちと遊んでいたミミの姿を見つけるや、ジェレミラ公爵はレクシュアを伴い、庭に出てきた。両手を大きく広げて近づいてくるが、ミミは追い詰められたような気持ちになり、びくびくしてしまう。

ミミを引き取るにはいくつか書類上の手続きが必要だそうで、そのために出向いたのだそうだ。

子供たちはお客さんが好きなので、ミミが初めてここにやってきたときのように、ジェレミラ公爵の周りに群がった。

レクシュアに対する複雑な思いは変わらないが、顔を見るとほっとすると同時に愛《いと》しさも募る。

レクシュアの顔つきが固い気がして、ミミは首を傾げた。ミミを見るたびに揺れていた尻尾が、今は固定されたまま。

ここを出ていくミミにはもう興味がない？

ミミは寂しい気持ちを胸の中にどうにか押し込めて、レクシュアを見る。

肩を上げ下げしたり服の上から触れたりして、いつになく落ち着きのない様子だ。

どうしたのかな？　背中になにかついているのかな？

レクシュアの背後に回ってみようと思った。

「ミミ、二人だけになれないか？」

しかし確認する前にジェレミラ公爵に声をかけられた。

どうしたらいいのか。

ミミは思わずレクシュアに目で訴えかけた。

するとレクシュアは小さく頷き、行くよう指示してきた。

承諾したということは、こういうことなのだ。これからはジェレミラ公爵と市場に行ったり砂浜を歩いたり夕焼けを見たりする。レクシュアとの行動が全部上書きされてしまいそうだ。

「……」

ミミは一歩前に出て、散歩に行く意思を見せた。

手を差し出されてミミはびくっとしたが、慣れなくてはいけない。

ミミは下唇をぎゅっと嚙み、その手を取った。
二、三歩歩いて振り返ると、レクシュアがミミたちを見送っていた。
たったそれだけの行為なのに、心がバラバラになってしまいそうなほど胸がズキズキと痛む。けれどジェレミラ公爵に悟られてはいけない。失礼な振る舞いはしてはならない。

「なぜこの話を受ける気になった？」

無言のまましばらく歩き、庭の真ん中の噴水までやってきたとき、ジェレミラ公爵が沈黙を破った。

「ジェレミラ公爵と実際に会って、話しを聞いて、受ける気になりました」

「なるほど。先日会ったときはかなり警戒されていたように感じたが、心境が変わったきっかけは？」

「ジェレミラ公爵のお人柄です」

ミミは無理やり笑顔を作り、楽しそうな声で返事をした。

「ジェレミラ公爵に選ばれて光栄です。ありがとうございます」

ミミはいつも以上に明るく振る舞っているし、おかしな言動などないはずだ。しかしジェレミラ公爵は片方の眉を持ち上げ、観察するような視線をミミに向けてくる。内心まで見透かされてしまいそうなほどの鋭い目だ。

「ミミは嘘が下手くそだな」

「嘘なんかじゃ……！」

「構わん構わん。本音を申してみろ」

ジェレミラ公爵はふっと表情を緩めた。

言っていいのだろうか。

ジェレミラ公爵にとても失礼であるということは、ミミも自覚しているのだ。

「一生共に歩んでいこうとしている二人に、隠し事があってはならない。最低限の礼儀だ」

さあ、と促され、ミミは息を吸い込む。

「……いつまでもここにいたら、レクシュアに迷惑がかかってしまうからです」

「ほう。シルヴルヴのため、と」

「ち、違います。それだけじゃなくて、ここでの生活に馴染んでしまうと出て行きたくなくなってしまいそうだから、早いほうがいいかなって思ったんです。ジェレミラ公爵のことを嫌だなって思わなかったので」

「状況を見て判断し行動に移す、というのはじつはけっこう難しい。皆、失敗したくはないからな。しかしミミは行動に移した。この決断が失敗だったと思われないよう俺は努力しよう」

ジェレミラ公爵は豪快に笑い、太陽のような笑みを向けてくる。

明日でも一年後でも同じだ、と投げやりな気持ちで承諾した自分が恥ずかしくなってしまうほど、ジェレミラ公爵は真っ直ぐな人だ。

「赤の刻印については、どう思う？　最近また、濃くなってきたんだが」

ジェレミラ公爵は腕をまくってミミに痣を見せる。

たしかに前回会ったときよりも輪郭がはっきりとしてきた。

ミミも尻の狭間にある痣が、時々うずくことがある。自分では見えないし、場所が場所なだけにレクシュアに二度見せる勇気はないけれど、きっと痣は濃くなってきているのだろう。

「俺は運命なんて信じていない。自分で未来を切り開いていく、そう考えている。実際に目に見えない運命とやらの実感もない。ただ、ミミをかわいいと思うし、守ってやりたいとも思った。いざ自分の身に痣が現れ、ミミの体にも浮かび上がってきていると聞いたら、急にその伝説とやらを信じてみたくなった」

「じつは僕も、運命ってわからないんです。わからないからこそ、痣みたいな目に見えるもので僕たちに教えてくれているのかな、とも思います」

「それは素晴らしい考え方だ。この痣こそが運命の証、というわけか。それと、お互いに運命とやらがわかっていなくて安心した。片方だけ感じているようであれば悲劇が生まれかねないからな」

ジェレミラ公爵はミミの言葉を肯定してくれる。

二人きりで話しても手をつないでも、ミミの心は少しも踊らない。しかし好きとか愛しているといった感情ではなく、正直で根は真面目で尊敬できる人だ。とてもいい人だと思う。

話しながら歩いているうちに、突き当たりまでやってきた。

「湧水か」

「この前、暑い日に水浴びをしました。温めなので飲料向きではないのが残念ですけど、一応飲めるみたいです」

「水浴びか。いいな。入るか」

「えっ？　今からですかっ？」

「なんだ。気が乗らないか。際どいところにあるというミミの痣を見たかったんだが」

ジェレミラ公爵の口調がおどけているので、冗談なのか本気なのかわからない。

「ミミ、相談なんだが」

あらたまった言い方をされるとミミも緊張する。

変なことを言われなければいいんだけれど、と身構える。

「そなたに触れてよいか」

ジェレミラ公爵はたぶん、手をつなぐ以上のことを要求している。

不意打ちで強引にできなくもないだろうに、きちんとミミに断りを入れるジェレミラ公爵に、人柄のよさを感じた。

ミミは返事に困った。未来の家族のお願いを断るのは気が引けるが、本能の部分が拒んでいる。

ジェレミラ公爵はミミとの距離をじりじりと詰めてくる。

「十秒だけ、でどうだ？」

「……そのくらいなら」

「感謝する」

ジェレミラ公爵はミミを抱きしめた。

これまでにレクシュアにされてきたようなふわっと包み込まれるようなものではなく、息が苦しくなるほど強く。

ジェレミラ公爵は花のような香りがした。いい匂いだが、それだけだ。そして触れられても、体中の血液が一気に沸騰《ふっとう》したような激情は訪れない。

それはジェレミラ公爵も同じだったたか。

「十秒経ったな」

ジェレミラ公爵はぱっと両手を離し、数歩下がった。

ミミはしっかり数えていた。そして約束の十秒の半分程度だったこともわかっているし、数えていなかったとしても明らかに短かった。ジェレミラ公爵本人がわからないはずがない。それでも十秒だと言い切ったのは、腕の中で体をがちがちに強張《こわば》らせていたミミを気遣ってのことだろう。

しばし見つめ合い、同じタイミングでふっと息を吐いたのが面白くて、ミミは小さく笑った。ジェレミラ公爵も目が笑っている。お互いに感じたことは、きっと同じだったのだろう。

「……っ！」

ふと力が抜けたら、周囲に視界を向ける余裕ができた。そこで目にしたのは、木からぶら下がる尻尾。

「ラランっ？」

「視界に入る場所でいちゃいちゃしないでくれる？　鬱陶《うっとう》しいんだけど」

そういえばここはラランのお気に入りの場所だった。最近は三人の子供たちの面倒を見ており部屋に引きこもりがちだったので、外にいるとは思っていなかった。

「せっかく久しぶりにゆっくりしようと思ったのに」

子供たちは結局親が名乗り出てこなかったため、正式にイリゼラの館で迎えることが決まった。その手続きのため、三人を手続きの場に連れていくとレクシュアが言っていたのを思い出した。ラランも連れていかないのかと思ったが、役人ではないので中に入れないため、留守番になったようだ。

「またお昼寝の邪魔しちゃいましたね。ごめんなさい」

「そなたは先日、応接室の前で会った者だな」

「そうだっけ？　覚えてない」

ラランは興味がないと顔を背けた。しかし尻尾が最大まで太くなっていたので、気が立っているようだ。

「降りてきて、一緒に散歩しないか？」

レクシュアから教わったラランへの接し方を、ジェレミラ公爵に伝えたほうがいいだろうか。しかし本人を目の前にして言うのは憚《はばか》られる。

ミミが迷っている間にもジェレミラ公爵は次々と声をかけるものだから、ラランのいら立ちは限界を超えてしまった。

木から飛び降り、ジェレミラ公爵には一瞥《いちべつ》もくれずに走り去った。

今ここにミミがいなかったら、ジェレミラ公爵は間違いなくラランを追いかけていただろう。うずうずしているのがよくわかる。

逃げるから追いかけたくなる、という習性だろうか。

ミミを見つめるときとはまるで違う。ジェレミラ公爵は獲物を狩るような目をしているように見えた。


ジェレミラ公爵の家に行く前日。

ミミがルズガルト王国にやってきてから三か月弱が過ぎていた。季節は春に移り変わりつつあり、以前よりも少し気温が上がってきた。

夕食では旅立ちを祝う会が行われた。

ミミがいる間にも何人もの子供たちが引き取られていき、その都度《つど》、旅立ちを祝う会が行われた。いつかはミミにもやってくるとわかっていた今日という日だが、心構えがあっても別れはつらい。

ミミを慕ってくれた子たちは悲しみ、ミミも泣きっぱなしだった。ミミが初めての土地、初めての

環境に戸惑いながらも乗り越えられたのは、子供たちの存在が大きかった。

ラランは相変わらず姿を見せなかったが、今回はきちんとした理由がある。子供たちの世話に追われているのだ。

そして訪れた最後の夜。

発情期はあの日だけで、その後、ミミとレクシュアの間に特別大きな変化が生じたわけではない。行き先が確定した後も、ミミは毎日レクシュアの匂いに包まれ、レクシュアの腕の中で眠った。

今日が最後だ。明日の夜にはもう、ミミはジェレミラ公爵の家にいる。しかしルズガルト王国にやってきたばかりのときとは状況が違うので、ミミはもう大丈夫だ。

これで本当に最後。

ミミはレクシュアの部屋の扉を叩いた。

ジェレミラ公爵の家に行くのが決まったとき、じつは自分の部屋で寝たらどうだと提案された。しかしミミは拒んだ。一緒にいたいと懇願した。

最初こそ首を横に振っていたレクシュアだったが、最終的にはミミに負け、部屋に入るのを許してくれた。最終日だからといって突き放したりはしないだろう。

ミミが叩いたらすぐに扉が開いた。子供たちが寝静まって落ち着いた時間にミミがやってくるのを、レクシュアは知っている。

レクシュアが蠟燭を置いたとき、近くにあった水にぶつかり入れ物を倒してしまった。水が床に落ちる音が聞こえる。

「大丈夫ですか？　拭くもの……」

「服がかなり濡れてしまったから、着替えついでにこれで拭いてしまうから大丈夫だ」

レクシュアは唐突に寝巻を脱ぎ始めた。

レクシュアのたくましい体が暗闇に浮かぶ。上も下も全部脱ぎ、机の水を拭ってから床に落として水を吸わせている。

レクシュアはいつも黒い長衣を着ているし、寝るときはしっかり寝巻を着ているので、ミミはレクシュアの肉体を見たことがなかった。

軍人のように体を鍛《きた》えているわけではないだろうし、そのような場面も見たことがない。にもかかわらず、レクシュアの体は頭から足先まで均整が取れている。

レクシュアと同じぐらいの年齢になれば、ミミにもあのぐらいの筋肉がつくのだろうか。

目標にしたいと思えるぐらい、美しい肉体だった。

新しい寝巻を取るため、レクシュアは蠟燭を手に持った。

すると光の高さが変わり、上半身がより明るくなった。

「レクシュア……」

呆《ほう》けた顔になるミミに、レクシュアは不思議そうな目を向けてくる。

「肩に赤い痣が……。自分で見えますか？」

「肩？　どこだ？　痣があるなんて言われたことなどないが」

レクシュアは裸のままミミに寄ってきた。

どぎまぎしてしまうところだが、今はそんなことを考えている余裕はなかった。

「ここです……」

以前レクシュアがミミの痣の場所を教えてくれたように、ミミも人差指で赤い痣にそっと触れた。

肩とは言っても背中側なので、おそらく自分では確認できない。

ミミはずっと不思議だった。

特別に優しくされたわけでも、ミミ一人だけに深い愛情表現を示してくれたわけでもないのに、なぜレクシュアのことばかり考えてしまうのか。

「レクシュア、僕の痣はどんな形でしたか？」

赤い刻印に導かれし者たちは同じ形の痣を持って生まれる、とされている。後から浮かび上がってくる説なんて、今まで聞いたことがなかった。

レクシュアの言葉ひとつで、ミミの人生は天と地ほどの差が生まれてくる。

ミミはレクシュアの仕事用の机へ、筆記具と紙を取りに行く。その間にレクシュアは寝巻に着替えた。

「僕が描いているこれは、レクシュアの肩にある痣の形です。レクシュアは僕のを書いてください」

ミミは自分が描いた部分だけを切り取り、残りの紙と筆記具をレクシュアに渡した。

「……はっきりとこれといった形ではないが、先日と変わっていないのであれば……」

レクシュアがさらさらと描いて見せてきたのは、四葉に近い絵だ。驚きのあまり大きな声が出そうになったが、ミミはぐっと堪え、自分の描いた絵をレクシュアに見せた。

ミミの絵は、レクシュアが描いたものとぴったり同じだったのだ。

レクシュアは絶句している。ミミも続ける言葉が見つからなくて、二人して黙り込んでしまった。

夜が明けたらミミはジェレミラ公爵の家に行くのだから、口にしてはいけない。したら、ミミは行きたくなくなってしまう。レクシュアに迷惑をかけるつもりか。ジェレミラ公爵を悲しませるつもりか。ミミは様々な葛藤《かっとう》と戦う。

「ひとまず、体を休めるか」

レクシュアの声は明らかにうろたえていたが、衝撃のあまり足がふらついているミミを見逃さない程度にはしっかりしているようだった。ミミを寝台に寝かせ、レクシュアもいつものようにミミの隣に横になる。

三年分ぐらいの疲れが一気に襲ってきたみたいに、体が急に重くなったように感じた。

普段のミミとレクシュアは、寝台に横になってからしばらくは、一日の出来事を報告するのが日課になっていた。しかし二人とも言葉にならなくて、お互いの吐息を聞いている。

先に動いたのはレクシュアだった。ミミを抱きしめたのだ。でもいつもと同じで、ふんわりと包み込むような優しい抱擁だ。

それだけでは物足りなくて、ミミはレクシュアに体をすり寄せた。

レクシュアの体温や匂いを感じたら、そうするのが当たり前のように体が反応してしまう。

「……っ」

急に体がうずいた。身に覚えのある感覚だった。一体いつなにがきっかけで切り替わるのか、ミミは自分で抑制できない。

息が上がり、吐息に熱が混ざる。

「はっ……、ん……」

ミミは体を丸めてやり過ごそうとしたが、無理だった。

「ミミ？」

「……レクシュア。この前みたいに僕に触ってください……」

恥ずかしいお願いだという自覚は充分にある。しかも明日はジェレミラ公爵の家に行く日だ。

けれど発情期に入ってしまうと、レクシュア以外のことが頭からすべて消えてなくなってしまう。

興奮状態が最高潮に達すると、恥ずかしいという感情すらなくなり、体がレクシュアだけを求め続ける。

今のミミの頭の中にあるのはただひとつだけ。レクシュアに触れてほしい。

けれどレクシュアは冷静だった。ミミが下腹部をこすりつけるといったあからさまな行為をしていても、背中に軽く触れてあやしてくれるだけで、その先に進もうとはしない。

「レクシュア……、一度だけ……。一度でいいから、……僕を、……レクシュアのものにしてください」

ミミは恥を忍んでお願いした。今日が最後だから。

消えそうな声だったから、レクシュアは聞こえなかったかもしれない。

ミミはもう一度、お願いします、と言った。

必死すぎるミミに、レクシュアの心は動かされたようだった。ミミの背に回された手にぐっと力が入ったのが伝わってくる。

「ミミ……、泣かないでくれ。お願いだ」

泣きたいわけではないのに、ぼろぼろと涙がこぼれ落ちてくる。

もっと強く抱きしめてほしいけれど、あれこれお願いしたらレクシュアは困ってしまうだろうから、ミミは我慢した。

「レクシュア……」

伸ばした手を、レクシュアが握った。

レクシュアはミミの気持ちを受け取ってくれたのだ。

「あっ……、あっ、あぁっ」

肌に布がこすれたのと気持ちが高ぶっていたのと相まって、ミミは達してしまった。びくびくと体を震わせる動きから、レクシュアにはなにが起きたか伝わってしまっただろう。

呼吸が整う前に、再びミミの性器が熱を帯び始める。

「んっ、ぁ……」

レクシュアは、服の上からミミの下腹部に触れた。やんわりと包まれ、形に沿って上下に動かす。

慣れない他人の手に、ミミはすぐに二度目の射精を迎えた。下穿きの中がぐちょぐちょなので脱いでしまいたかったたし、レクシュアの体温を直《じか》に感じたかった。

精を何度放出しても熱が引かない。そのたびにレクシュアはミミに付き合ってくれたが、レクシュアのものにして、というミミの願いが受け入れられることはなかった。

レクシュアの性格を考えれば断られるのはわかっていたから、落ち込みはしない。

イリゼラの館を出たらもう会う機会もほとんどないだろう。だからミミは今この瞬間を大切にしようと思った。レクシュアの温もりや匂いを体に刻みつけるために。

レクシュアのものにしてくれないなら、せめて口づけぐらい……。

ミミは何度目かの射精の後、荒い呼吸を繰り返す唇をレクシュアに寄せた。

ミミの吐息が顔にかかる距離に来たら、それがなにを意図しているか、レクシュアにわからないはずがない。

ミミはレクシュアの頬に手を当てた。驚いたように大きく見開かれた金色の目に吸い込まれるように、ミミは顔を寄せていく。

お互いの吐息が混ざり合い、唇まであと少し。

「……」

しかし唇が重なり合う直前に、レクシュアはふいと顔を背けた。

「なんで……？」

ミミは涙声で訴える。

「……避けないでよ」

「できない。すまない」

レクシュアは重たい口をようやく開いた。

「もし今日、私がミミを抱いてしまったとしよう。後日、体だけ見たところで、ジェレミラ公爵にはわからないだろう。しかしミミの様子がおかしくなるのは想像に難くない。ミミは素直で純粋で、自分の気持ちに正直で、真っ直ぐに私にぶつかってきたから、きっと隠せない。勘違いしないでほしいのは、私がミミを抱くから上手く隠してくれと言っているわけではないということだ。それではミミにもジェレミラ公爵にも、あまりに不誠実だ。理解してくれ」

レクシュアは絞り出すような声で、苦しそうに胸の内を吐露《とろ》した。

これがレクシュアの本心。ミミにもジェレミラ公爵にも気をつかって、職務に忠実な神官長。

レクシュアがもっと適当な人だったらよかったのに。

最後の最後までミミの願いを聞き入れなかったレクシュアの意志の強さが、ミミには少し寂しかった。

けれどそれを上回るだけの思いがある。レクシュアが誠実な人でよかった。尊敬すべき部分だ。悲しかったけれど、ミミは心からそう思った。


ルズガルト王国にやってきてから、ミミは初めて曇り空を見た。

灰色の空はウォルトリアを思い出させる。

よりにもよってミミがジェレミラ公爵の家に行く日がこんな曇り空なんて、ミミの未来を暗示しているかのように思えてくる。

先生と子供たちとは建物の前で別れて、レクシュアだけが立ち会い人として門の外までやってきた。

その隣に、なぜかラランもいて、ミミは泣きそうになった。

ジェレミラ公爵が寄越した屋根つきの馬車に荷物を乗せ、ミミも使者と一緒に乗り込もうとした。

「すみません。ちょっとだけ待っていただけますか？」

最後にこれだけ。

使者を馬車の中に残し、一人で出ていく。

ミミは本人の許可を取らずにレクシュアに抱きついた。

公爵の家に行ったら、ミミは気軽にイリゼラの館に遊びに行く気持ちにはなれないだろうし、もしも公爵が転々と旅をするというのが本当なら、下手したら二度と会えないかもしれない。

だから最後に一度だけ、ミミはレクシュアを直に感じたかった。

レクシュアの温もり、レクシュアの匂い、レクシュアの声。忘れないように。

いつものようにふわっと抱き締め返してくれるか、それとも、もうやめなさいと拒否するか。

レクシュアの取った行動は、そのどちらでもなかった。

ミミの背中に回した手に、力が込められたのだ。この数か月で初めて、明確な意図を持ってミミをきつく抱きしめ返してくれた。呼吸をするのが苦しいぐらいにぎゅっと。

言葉や態度はもちろん、お願いしてもレクシュアはミミとの距離を保った。鋼《はがね》のような強い精神力の持ち主だった。

しかし最後の最後で、レクシュアはミミに示した。たぶん、意識してはいなかったのだと思う。あえてやったのだとしたら、今までのあれこれがすべて無駄になってしまうからだ。いくら思いが溢れたのだとしても、レクシュアのことだから、ミミに未練を残させるような真似はぜったいにしない。

だからこれはきっと、無意識だ。レクシュアの本当の気持ち。

一筋の涙がミミの頬を伝う。

もう充分だ。

ミミの体からふっと力が抜けた。それをきっかけに、レクシュアが体を離す。

「ミミ、よき人生を。ミミの幸せを願っている」

レクシュアは出会ったときと同じ淡々とした口調と表情でミミを送り出す。

ミミの返すべき言葉は、「はい」とか「ありがとう」とか「レクシュアもお元気で」とか、前向きなものだろう。しかし出てきたのは真逆だ。

「レクシュアがいない僕の人生に、幸せなんて言葉はありません」

言い終えた瞬間、ミミは顔がくしゃくしゃになった。

そんなミミを見て、レクシュアはなにかに気づいたみたいに目を大きく見開いた。それからすぐに不味《まず》いものを口に含んだように表情を歪《ゆが》める。

おそらく無意識だったのだろう。レクシュアの右手がゆるゆると持ち上がり、ミミに差し向けられたように見えた。

その手をつかんでいいの？

しかし、レクシュアは我に返って唇を引き結ぶ。同時に宙に浮いていた手のひらも、ぎゅっと握り、下ろした。

泣かないつもりだったのに。

最後の最後で、なんで嫌味っぽいことを言ってしまったのだろう。

笑って綺麗に別れられたらよかったのに。

ウォルトリアから船で出たときも我慢できたのだから、今回だってできたはずなのに。死のほうがよほど恐ろしいのに。

あのとき我慢できたのは、きっと死に向かっていたからだ。ミミは生きるのを諦めていた。しかし今回は違う。新しい人生を送るための別れなのだ。死よりもつらいことがこの世に存在しているなんて、ミミは知らなかった。

ミミは馬車の中で大きな声を上げて泣いた。こんなに泣いたのは赤ちゃんの頃ぐらいではないだろうか。

ジェレミラ公爵の家に着くまで、数時間の道のりだそうだ。

だからその間に気持ちを整えて、今この瞬間までのことは綺麗さっぱり忘れる。そしてジェレミラ公爵の家に着いた瞬間から、ミミはジェレミラ公爵との人生について前を向きながら考えていきたい。

走り出して一時間もしないうちに、雲行きが怪しくなってきた。遠くの空ではゴロゴロと音がするし、時折、灰色の空に閃光《せんこう》が走るのを何回も見ている。

「落雷の危険があるので、どこか場所を探して休んでもよろしいでしょうか」

使者はミミに対して丁寧な言葉を使う。

「……お任せします」

泣き疲れて涙も枯れたミミは、半ば放心状態で返事をした。

山道の途中で馬を休ませられる場所がなかなか見つからなかったが、少し先まで進むと、ようやく雨風がしのげそうな大きな岩場が見つかった。

ミミを乗せた馬車は岩の陰に避難し、馭者《ぎょしゃ》は少々興奮している様子の馬をなだめている。

狭い馬車の中にいたら気持ちが滅入りそうだ。

ミミも馬車を降りて外の空気を吸った。

雨は弱まるどころか、どんどん強くなっていく。少し先が雨で見えなくなるほどの大雨はあまり経験がない。

ゴロゴロと雷が鳴っているのも、恐怖を感じる一番の要因だ。

次第にその音が近づいてきて、ミミは危険だと思った。

「ミミ様、外では濡れてしまいますし、雷が落ちるかもしれませんので、車内にお戻りください」

「でも、みんな大変そうだし……」

なにか手伝えることはないかと思ったが、ミミは使者に促され、馬車に戻ろうとした。ちょうどその時。

目がくらむような強い光と、耳の奥に突き刺さるような轟音《ごうおん》がした。

岩の陰で雨をしのいでいたほかの動物たちが一斉に逃げ出した。

「ミミ様っ！」

臆病なミミは日常生活ではまず聞かれない大きな音と強い光に驚き、飛び上がってその場から離れてしまった。

どこをどう走ったか、はっと我に返ったときには、ミミは馬車がどこにあるのか完全にわからなくなってしまった。

激しい雷にさらされながらようやくたどり着いたのは、山の中にぽっかり空いた洞穴だった。見つけた瞬間にまた雷鳴が轟《とどろ》き、ミミは慌てて飛び込んだ。

雷がやむ気配がない。

ミミはもう少し奥に引っ込んだ。すると奥になにかあるように見えて、ミミは恐る恐る探ってみる。

箱があり、開けてみたら何冊か本が入っていた。

「これは。なんだろう？」

一から四まで振ってある数字の、一を開いてみる。

そこに描かれていたのは、ウォルトリアから初めて人がやってきたときの状況が記された書物だった。

なぜ、こんなところに？

本物なのか、伝聞されたものが書き写されたものか、ミミには判断ができないが、ひょっとしたらひょっとするので、大発見かもしれない。

濡れると困るので、ミミはひとまず箱に戻しておく。

「馬車がある場所からここまで、どのぐらいかな……。けっこう走った気がする」

ミミは耳を澄ませてみたが、大雨と雷の音でかき消されてしまっている。

ジェレミラ公爵の家に行くまでに気持ちにケリをつけろということなのだろう。

ミミは、壁に背中を預けて目を閉じる。

頭に浮かんでくるのはレクシュアの顔ばかり。気持ちにケリをつけるどころか余計に思いが募って、ミミはだれにも聞かれていないのをいいことに、また大きな声で泣いた。レクシュアへの思いもぶちまけたが、雨の音と雷の音が、かき消してくれた。

「……」

名前を呼ばれたような気がして、ミミはぺたりと寝てしまっていた耳に意識を向けた。するとぴんと立ちあがり、雨と雷の音の中からそれを探そうとする。

やはり遠くでミミの名前を呼んでいる人がいる。その声がどんどん近くなってきて、はっきりと聞こえるようになったとき、ミミは信じられない気持ちでいっぱいになった。

「ミミーっ！」

「レクシュアっ？」

聞こえるはずのない声が聞こえてきたのは幻聴か。だって、ありえない。レクシュアがいるわけない。

「ミミっ？」

しかしミミの声を聞き取ったレクシュアは、その音を頼りにミミの方向を割り出した。どんどん足音が近づいてくる。バタバタと激しく踏み鳴らすようなレクシュアの足音など聞いたことがなかった。それから間もなく、レクシュアがミミを見つけた。その後ろにはラランもいて、ミミは二度驚いた。

「レクシュア……、どうし……」

ミミが言い終わる前に、言葉は遮られた。必死の形相《ぎょうそう》のまま、レクシュアは地面にひざを突いてミミを抱きしめた。

「使者から事情を聞いた。雷の音に驚いて咄嗟《とっさ》に逃げてしまった、と。心配になり、探しにきた」

レクシュアの焦りや必死さは、ミミを抱きしめる腕の強さから痛いほどよく伝わってくる。

「物わかりのいい大人ぶって送り出してさ。バカみたい。ちゃんと自分の気持ちに向き合って事前に対応してたら、こんなことにはなってないと思うけど」

ラランの言葉に、レクシュアは力なく答える。

「返す言葉もない」

「神官長が替わったって俺はあそこを出ていくつもりはないからね。新しい神官長が来ることになったら、しっかり説明しておいてよ」

「ああ」

「あっちの使者には見つかったって伝えとく。レクシュアはちゃんとしときなよ！」

ラランはぷりぷりしながら穴の外に出て行った。

気持ちに区切りをつけるはずだったミミは、戸惑いつつも、それでもレクシュアに抱きしめられてうれしくないわけがなかった。

言いたいこと、聞きたいこと。たくさんあるはずなのにどれも言葉にならなかった。ミミはただレクシュアを抱きしめ、レクシュアもまたミミをしっかりと抱き、離さない。

光と雷鳴の間隔が、少し遠くなった気がする。先ほどと比べると音も遠ざかっている。

「……レクシュア、なんで抱きしめてくれるんですか？」

「……」

ミミの背中にあったレクシュアの手に、ぐっと力が入った。緊張、だろうか。それとも決意か。

耳元で、レクシュアが息を吸い込み、呼吸を止めた。

「……我慢に我慢を重ねてミミを送り出したが、ミミの言葉を聞き、激しい後悔に襲われた」

レクシュアの顔が見たくてわずかに体を引こうとしたが、紙一枚分の隙間すら開けたくないといった様子で、レクシュアがミミの体を抱き寄せる。

「頭を抱える俺にラランが言った。神官長の立場を守りたいのかミミの笑顔を守りたいのか、どっちだ、と。そんなの、考えるまでもない」

全身びしょびしょで、髪を振り乱して早口で話すレクシュアが別人のように見えた。しかも、「俺」

と言った。

現実味がなくてぼんやりとするミミの両頬を、レクシュアは大きな手で包み込んだ。

「立場を守りたかったわけではなく、子供たちの世話をする責任を強く感じていた。だが子供たちにはいずれ家族ができるし、子供たちの笑顔を守るのは新しい家族だ。俺は子供の世話と、新しい親への仲介をする立場だ。ほかに代わりはいる。だがミミは違う。ミミはジェレミラ公爵ではなく、明確に、俺がいない人生は幸せではないと言った。俺はだれよりもミミの幸せを願っていたのに、泣かせてばかりだ。ミミ、悲しませて本当にすまない。まだ遅くはないだろうか」

「レクシュア……」

夢でも見ているのだろうか。

ミミの頬に、涙がひとすじこぼれ落ちる。

「僕は……」

声が震えて上手く言葉にならない。

「僕は、幸せに、なっても、いいんですか？」

ミミはしゃくり上げながら、レクシュアに尋ねた。

だめだなんて言わないで。

僕を受け入れて。

ミミは思いを込めて、レクシュアを強く抱きしめた。

「俺がミミを幸せにする」

「……うっ」

レクシュアの言葉をしっかりと受け止めたミミは、レクシュアにしがみつき、声を上げて泣いた。


雨がやんでから、ミミとレクシュアはラランと使者が待つ馬車に戻った。レクシュアも一緒にジェレミラ公爵の家に向かった。

さっきまでの豪雨が嘘のように、真っ青な空が見えた。太陽も一番高いところにあり、傾く前にはジェレミラ公爵の屋敷に到着した。

過去にいくつか見てきた貴族の屋敷の中でも群を抜いて大きい。王宮に次ぐ規模ではなかろうか。

驚いているのはミミだけではなく、ラランも同じだった。とくにラランは過去に何軒か貴族の屋敷に行っているので、比較対象がある分、驚きもまた大きいのだろう。

執事に案内され、建物の中を進んでいく。

使者には詳細を話していないから、ジェレミラ公爵にはおそらく、音に驚いて逃げたミミを探し出して送り届けに来ただけだ、と伝わっているだろう。しかしジェレミラ公爵が真実を知ったらどう思うか。

もしも死に値するような重罪だったとしても、ミミはレクシュアとなら受け入れる。レクシュアとなら怖くない。レクシュアの痛みや苦しみを引き受けたい。

イリゼラの館の応接室はなんだったのかと思わせるには充分の広さの部屋に通された。

金が好きなのか、至るところに金が使われている。壁の柄、布張りの椅子の刺繍にも金糸が織り込まれていて、ため息が出るほど豪華だ。

少し遅れてやってきたジェレミラ公爵は、レクシュアに労《ねぎら》いの言葉をかけた。

「ミミを探して連れてきてくれてありがとう。まあ、座ってくれ」

「……」

レクシュアは無言で頭を下げてから、椅子に腰を下ろした。

低い机を挟んでミミとレクシュアが座っている三人掛けの椅子の正面に、ジェレミラ公爵が座っている。ラランが座っているのはミミたちの椅子の右側にある一人掛けの椅子だ。

「ミミ、長旅ご苦労だった、怪我はないか？」

「……大丈夫です」

「そしてそなたは……、名はラランだったな。ようこそ。ちょうどそなたに話があったのだ」

ジェレミラ公爵はのんびりと雑談を始めようとしたので、レクシュアが遮った。

「ジェレミラ公爵、折り入ってご相談がございます」

「どうした、あらたまって」

ジェレミラ公爵はひじ置きにひじを乗せ、頬杖を突いた姿勢でゆったりと座っている。

「ミミの件です。神官長としてあってはならないのですが、私はミミを愛してしまいました」

レクシュアの第一声から驚かされた。愛している、とはっきり言ってくれた。ジェレミラ公爵ではなく先にミミに伝えてほしかったという思いはあるが、贅沢は言わない。その言葉を口にしてくれただけで幸せだ。

「信じがたいことに、我々にもまた、赤の刻印が現れ、その痣の形がまったく同じでした。ミミを愛しく思う気持ちは、慕ってくれるがゆえに抱く息子への愛情のように思っていましたが、度が過ぎるため、抑えておりました。しかし赤の刻印が現れたのが理由だとしたら、すべてが納得いくのです。ですから――」

「シルヴルヴ、前置きが長いぞ。面倒だから結論だけ言え」

そうは言っても、ジェレミラ公爵はもうすでにレクシュアがなにを言いたいのかわかっているようだった。深刻な表情をしている。

「……はい」

レクシュアは唇を引き結び、決心した顔つきになった。

「ミミを、私にいただけないでしょうか。その代わり、私は神官長の地位はく奪、あるいは国外追放……どのような罰も受け入れます」

必死で訴えるレクシュアと一緒に、ミミもジェレミラ公爵に訴えた。

「お願いします。僕も一緒にレクシュアと罰を受けます！」

ジェレミラ公爵はひじを突いた姿勢のまま目を閉じ、考える素振りを見せる。

「ミミ」

「はいっ！」

ジェレミラ公爵に呼ばれてミミにも緊張が走る。

「そなたの本心を言え。前回、俺は嘘をつかれたということか？」

「あのときジェレミラ公爵に言った言葉に嘘はひとつもありません」

「あのときは俺とやっていけると思った、と？」

「はい」

ジェレミラ公爵と人生を共にするつもりだった。気持ちを切り替えてここに来るつもりだった。でも、できなかった。

「なるほど」

納得したのかしていないのか、ジェレミラ公爵はどちらともつかない返事をした。

公爵は二度頷き、足を組み換えた。

「それではシルヴルヴ、俺の話も聞いてくれるか？」

「もちろんです」

これから何を言われるのだろうか。ミミは緊張で体を固くした。

「前置きが長いと面倒だし聞くほうも飽きるから、結論だけ言うぞ。ミミをそなたに返す代わりに、ラランを置いていけ」

「えっ！」

ジェレミラ公爵以外の者たちの声が重なった。予想もしていなかった切り返しだったからだ。

「ミミの件は残念だ。俺はミミをかわいいと思ったし、一生愛せると思った。しかしそなたたちが運命の恋人というのであれば、太刀打ちはできまい。別の者を思って涙するミミを犯す趣味などない」

「ジェレミラ公爵、それは、つまり……」

ラランがミミの身代わりになるのだ。

他人嫌いのラランにそんな負担はかけられない。まさかレクシュアがラランを差し出せないとわかった上で、ジェレミラ公爵は無理難題を突きつけてきたのだろうか。

しかしそんなジェレミラ公爵をだれが責められるのだろう。約束を反故《ほご》にされそうになっている場面で怒りが湧いてこないわけがない。

「ミミ、そんな怖い顔をするな。ラランについても同じだ。無理強いはしない」

ジェレミラ公爵の視線はひたすらラランにだけ向けられている。

しかし自分の人生がかかっているのに、当のラランは明後日《あさって》のほうを見て無視を決め込んでいた。

「ところでララン、そなたは俺に運命を感じないか？」

ジェレミラ公爵は、唐突に赤の刻印の話を持ち出した。

「どうもこの痣がうずいて仕方ない。ラランも今、うずうずしているんじゃないか？」

ラランに左腕の痣を見せる。

「なんで俺の痣のこと知ってるの？　ミミしか知らないはずだけど。ひょっとして、ミミが話したんじゃないだろうね」

ラランがミミをきっとにらみつけた。

「あ、痣？　言ってないです。だってあのとき、気のせいだってララン言ってたから……」

「ほう？　ということは、ラランの体のどこかにも痣があるのだな？　話を聞かせろ、ミミ」

名指しされたら、ミミは断れない。

「言っていいですか？」

「なに話すか知らないけど、人になにか知られて困るような人生は送ってないよ」

ラランは面白くなさそうだが、許可が出たのでジェレミラ公爵に説明する。

「先日、ラランの胸の上のほうに、赤い痣を見つけたんです」

「ミミ、本当かっ？」

レクシュアは上ずった声を出した。

「なんということだ……」

ジェレミラ公爵も興味津々の目をこちらに向けてくる。

「その形が、それよりも前に見たジェレミラ公爵の痣の形と同じように見えて、驚いてラランに聞いてみました。でもラランはそんな痣はない、気のせいだって言ったし、暗かったのもあって、それで話は終わりました」

「そうだよ。気のせいだよ。くだらないこと言うのやめてよ」

ラランは話を終わらせようとしたが、ジェレミラ公爵は無視した。

「気のせいだったとしても、少しでもある可能性について、なぜ報告しない？」

ジェレミラ公爵は、これまでに聞いたことのない厳《いま》しめの口調でミミに言った。

「……僕との話が進んでいたし、ラランは昔から人と生活するのは嫌だって言ってたから。それにさっきも言いましたけど、本当に気のせいだと思ってしまったんです」

耳が完全に寝てしまった状態で訴えられ、ジェレミラ公爵は一応ミミの言葉を信用してくれたようだった。

「なるほど。ならば仕方ない。ではララン、痣を見せていただけるか？」

ジェレミラ公爵は少し丁寧な言葉に切り替え、下手に出た。

尻尾を膨らませて怒るかと思ったが、ラランはなぜか、素直に胸元を開いた。

こんな素直なラランを見るのは初めてだった。

ミミはドキドキしながらラランの胸元を覗き込む。

「やはり……！」

ジェレミラ公爵が感嘆の声を上げた。

「イリゼラの館に赴くとき、俺は自分でも不思議なぐらい子供のようにはしゃいでしまったのだが、こういうことだったのか」

気のせいではごまかせないほどくっきりとした形がはっきりと浮かび上がっていた。

ジェレミラ公爵が左腕をまくる。犬のような動物が横を向いているように見える形。それがジェレミラ公爵の腕にあった痣だ。そしてラランの胸にも。

腑《ふ》に落ちたようなジェレミラ公爵の表情とは対照的に、ラランは決まりが悪そうだ。

「二人の痣が一致しているのがわかった上で、僕が今まで見たことを考えてみると、ラランもジェレミラ公爵に運命を感じたのではないかなって思います」

「ちょっと待って！　勝手に人の心を語らないでくれるっ？」

ラランが尻尾を太くして、威嚇してきた。

「たしかに、そう言われてみると合点《がてん》がいく部分がいくつかある」

「なんだ？　レクシュア、説明しろ」

「ラランは来客があるとまず気配を消します。とくに初めて来る者に対しては顕著です。そのラランが、ジェレミラ公爵が初めてお越しくださったとき、扉の前にいました。とても珍しい光景でした」

「偶然だって言ったでしょ！」

「ジェレミラ公爵と僕が庭を散歩していたときも、ラランが木の上にいました」

「そっちが俺の縄張りに入り込んできただけでしょ！　言いがかりはやめて！」

ラランは顔を真っ赤にしながら怒っている。

「それに、振り返ってみると、ジェレミラ公爵も僕よりラランが気になっていたのかな……という気がします」

「——えっ？」

ラランの体が急に固まった。

「俺にもその自覚はなかったのだが、他人から見てそうだと思われたのなら、やはり俺が感じた運命はミミではなく、ラランに向けてのものだったのかもしれない。二人が同じ場所にいたからミミだと勘違いしてしまった」

「ミミのことかわいいって言ってたくせに」

ラランがジェレミラ公爵をにらみつける。

「……嫉妬《しっと》、と受け取っていいのか？」

ジェレミラ公爵がすっと立ち上がった。

するとラランの尻尾がさらに太くなり、警戒心を露にした。

「うぬぼれないで……！　こっちこないでっ！」

「嫌ならば逃げればいいのではないか？　先ほどの件についても、まだ答えはもらっていない」

ラランは唇を噛み、椅子の背当てにしがみつき、ジェレミラ公爵を避けたいと思っている様子は伝わってきた。しかし、いつものようには体が動かないようだった。

「さて、ララン、どうする。このままここに残ってもらえるか？　それとも、ミミと一緒にイリゼラの館に戻るか」

ジェレミラ公爵はラランの椅子の背後に回り、ラランの胸の痣に触れた。

「あっ！　ちょ、ちょ……！」

――引っ掻かれるのでは？

ミミはハラハラしながら展開を見守る。

ラランの胸に置かれた手が肌をなぞり、首や顎《あご》の下をなでた。

「ゴロゴロゴロゴロゴロゴロ……」

なにか不思議な音がして、ミミは部屋中に意識を巡らせた。しかし音の発生源はラランだった。

「や、やめてよっ。触らないでっ！」

ラランの尻尾は相変わらず膨らんだまま、臨戦態勢だ。しかしサーバルキャットの相手は大型のネコ科、クロヒョウだ。シャーシャー言いながら引っ掻こうとするも、子供がじゃれついているような感覚なのかジェレミラ公爵にはまったく効果がない。

それどころかジェレミラ公爵が別の方向から手を出すと、ララン自ら頬をすり寄せるではないか。

考えられないラランの姿にミミは口が開きっぱなしだ。

途中でふと我に返るのかラランは再び威嚇したり、しかしジェレミラ公爵に喉を触られてゴロゴロ言ったり、忙しい。

ジェレミラ公爵は軽々とラランを抱き上げると、ラランがたった今まで座っていた椅子に腰を下ろした。ラランをひざに乗せ、喉や尻尾の付け根をなで回す。

「ララン、返事を」

ジェレミラ公爵の手が気持ちよくてたまらない。ラランはそんなうっとりとした表情で、全身をとろとろに溶かされてしまっている。

「……残る」

ラランは長い吐息と共に答えた。

「ララン？　一人で気ままに過ごしたいんじゃ……？」

お互いに思い合い離れがたいミミとレクシュアのために、ラランは突きつけられた条件を飲んだのではないか。

「勘違いしないで。ミミの身代わりとかじゃないから」

「人助けではないとするなら、どのような理由なのか。後でゆっくり聞かせてもらおうか…いたたた」

気持ちいいのと、好き勝手にされて悔しいのとで、ラランはかなりいら立っている。ジェレミラ公爵の太ももに爪が深くめり込んでおり、見ているこっちが痛くなってくる。

しかしジェレミラ公爵は平然とした表情のまま、ラランをかわいがり続けている。

「シルヴルヴ、ラランを置いていくということでいいか？　必要な手続きがあるようなら後日そちらに伺う」

「承知いたしました。……あの、ジェレミラ公爵」

レクシュアは胸がいっぱいの様子で、言葉に詰まった。

するとジェレミラ公爵は内容を先読みして、レクシュアに言った。

「礼には及ばぬ。そなたもミミを大切にしてやれ」

ミミは思わずレクシュアの顔を見た。レクシュアの顔によろこびの色が広がった。

二人は礼の言葉を繰り返し、ラランにも感謝を伝え、ジェレミラ公爵の屋敷を後にした。


子供たちが深い眠りに入っている時間帯に、ミミとレクシュアはイリゼラの館に戻ってきた。

先生たちも含めて全員寝静まっていたため、ミミたちは足音を立てず、そうっとレクシュアの部屋に入った。

蠟燭は部屋にひとつだけ。ほとんど真っ暗だが、家具の配置は把握しているから、ミミは二人分の寝巻を棚から取り出した。

「レクシュアの寝巻、椅子の上に置いておきますね」

「ありがとう」

レクシュアは蠟燭を机に置き、なにやらがさごそしている。その間にミミは服を脱ぎ、寝巻に着替えようとした。

「ひゃっ！」

なにも身に着けていない腰に手が置かれ、ミミは高い声が出た。

「……レクシュア？」

蠟燭の明かりはレクシュアの背中にあり、顔に陰がかかってしまうから表情はわからない。けれどその手は意図を持ってミミの肌をなでている。

「ミミが一生涯ここで暮らす……本当にいいのだろうか。夢ではないだろうか」

レクシュアは感極《かんきわ》まっている。

「ジェレミラ公爵が大らかなお方だったから問題にはならずに済んだが、別の方だったら……。死をも覚悟したが、死、などという言葉は軽々しく口にしてはならないな」

落ち着いてから自分の行動を振り返って、恐ろしくなったようだ。

「レクシュアが感じる悲しみや苦しみは、僕が半分背負います。よろこびのすべては二人で一緒に。そういう気持ちで共に人生を歩んで行きましょう」

感情が顔に出ているレクシュアは新鮮だった。レクシュアにも弱い部分はあるのだろうし、まだ表に出てきていない面もたくさんあるだろう。本当のレクシュアをミミにだけは見せてほしい。

レクシュアは来ていた服を脱ぎ捨てる。

「あ、あの……、その、僕……」

「どうした？」

ミミの肌をなでる手つきが、子供をかわいいかわいいとなでるのとは違う気がする。もっと性的な香りを予感させるような、ねっとりとした動きだ。

尻尾の周りの敏感な場所をなでられて、足に力が入らなくなってくる。

「あ、あ、あの……、僕、今は発情期ではないみたいなんですけど……」

「それがどうかしたか？　発情期など関係なく行為ができるのが、有耳属の特徴だろう？　発情期のミミに二度も迫られて、私は衝動を抑えるのにどれだけ苦労したと思っているんだ？　あのミミにもいずれ会いたいが、せっかくの記念すべき初めての夜なのだから、体だけではなく、ミミの心も感じながら抱き合いたい」

「レクシュア……」

レクシュアが本当の気持ちを打ち明けてくれる。

夢みたいだ……。

夢から覚めて虚しさを覚えるなんて耐えられない。

「レクシュア……。大好きっ！」

夢ではなく現実の話なのだと確認するため、ミミは手に持っていた寝巻を床に落とし、レクシュアの顔を両手で包み込んだ。

「私もだ。ミミを愛している。会った瞬間に恋に落ちるなどありえないと思っていたが、ミミに対しては抗《あらが》えないなにかがあった。愛しき運命の人よ」

背中に回されたレクシュアの腕は、ミミを強く抱き寄せる。

胸と胸が合わさり、二つの心臓の重《え》が混ざり合う。体が邪魔だな、と思った。レクシュアと溶けて混ざり合いたい。

「レクシュアの匂い、すごく好きです」

「どんな匂いだ？」

レクシュアの手のひらはミミの背中より少しだけひんやりしていて、じわじわと熱を帯び始めた体に気持ちよかった。

「お菓子とか果実とか、そういうのとは違うんですけど、甘いんです。ずっと嗅いでいたいぐらい」

レクシュアの匂いと体温に包み込まれると、じんわりと下半身に熱を感じ始める。もっとレクシュアに触ってほしくて、レクシュアに触りたくて、体がうずく。

「ミミもいい匂いがするぞ」

レクシュアはミミの耳に頰を寄せ、口づけをした。くすぐったくて耳をふるふるさせたら、今度はそれがくすぐったかったらしいレクシュアが笑った。些細なやり取りだが、ミミには何物にも代え難い幸せな時間だ。

レクシュアが舌の先で、ミミの耳をすっとなぞった。

くすぐったいのはもちろんなのだが、それを通り越して全身が粟立《あわだ》った。

「あっ、やっ……」

「嫌？」

「嫌……、じゃないけど……」

耳に触れられただけで射精してしまいそうになった、なんてぜったいに言えない。

うつむきかげんにもじもじしているミミに、レクシュアが顔の高さを合わせてひざを曲げた。

ミミは顔を上げる。少しだけ見上げる形になった頰に、レクシュアが頰をすり寄せた。

唇の端と端が微《かす》かに触れ合って、ミミはどきっとする。

そのまま離れていってしまうかもしれない。先日の夜、口づけを拒まれた場面を思い出し、焦りに似た感情が込み上げてくる。

しかし今日のレクシュアは違った。

いいのだろうか、とミミの表情を探っているかのように、微妙に唇を外した場所に触れてくる。

じれったくて、ミミはわずかにレクシュアのほうへ顔を向けてみた。単純に肌と肌が触れ合ったような意図しない唇同士の接触。

「レク……」

その状態のまま名前を呼ぼうとして口を開いたら、レクシュアが唇を重ねてきた。

「……」

初めて触れたレクシュアの唇は、温かくて、柔らかかった。

一度離れて、すぐにまた重ねる。

何度目かのときに、レクシュアはさらに深く唇を重ね合わせた。

「ミミ、もう二度と離さない」

レクシュアの強い思いが、唇を通してミミの胸の深くまで届いた。

レクシュアの舌が、ミミの唇をそっとなぞる。

ミミは自分が次になにをすればいいのかわからなくて、体がかちこちになっている。行為そのものは知っていても、では具体的に二人でなにをどうしていけばいいのか、という部分までは教えられていない。

あの……。僕はどうすれば。

尋ねようとして開いた唇をさらにこじ開けて、レクシュアの舌がミミの口の中にするりと滑り込んできた。

「ん……っ」

腰が熱くしびれる。前は触れられてもいないのに今すぐにでもどうにかなってしまいそうなほど硬く、先はすでに耐えられずに漏らした先走りでぐしょぐしょになっている。

ミミはレクシュアの体に腰をこすりつけてしまう。素肌と素肌の触れ合いで、時々、レクシュアの雄に触れた。あまりの存在感に驚いてしまい、ミミは触れるたびにビクッとした。

レクシュアはミミの顎を持ち上げ、上を向かせた。口の中、さらに深い部分にまで舌を伸ばし、ミミの舌を絡め取って吸った。

「ふっ……、んんっ」

どこからこんなに甘えた声が出ているのか。

ミミは自分の声に驚いてしまって、顔が熱くなってくる。

レクシュアはミミを寝台に座らせてから、自身も寝台に上がる。

ミミは手で股間《こかん》をこっそり隠した。過去に二度も痴態をさらしておいて今さらではあるが、興奮状態の芯をレクシュアに見られるのが恥ずかしかったのだ。

発情期のときは羞恥心など頭からすっかり抜け落ちて、快楽だけを求めるようになるのだが、今日に限って自身の体に変化は起きていない。頭の中は興奮している部分と冷静に自分を見ている部分と、両方存在しており、だからレクシュアとの行為にも羞恥心が生まれてしまうのだろう。

「ミミ、隠さず全部見せてくれ」

「でも……」

レクシュアがミミの手をどかそうとする。

「先日の積極的なミミはどこに行ってしまったんだ？」

レクシュアがふっと笑う。

からかうようなことも言うんだ。

またひとつレクシュアの新しい一面を見せてもらえた。

「見せて」

ミミの額や頬に口づけを繰り返しながら、レクシュアは優しく囁《ささや》く。声にはいつにない甘さが含まれており、ぞくぞくした。

ミミは下唇をきゅっと噛み、おずおずと手を外す。

押さえつけているものがなくなったそこは、今にもはちきれんばかりに天井を向いている。レクシュアに見られている、と思ったら、ぴくりと震えた。

「あっ……」

レクシュアは躊躇《ちゅうちょ》なくそこに指を絡めた。根元まで下りて、するっと先端までこすり上げる。

「あっ！　やっ、やっ、………、あぁっ……！」

さらりと触れられただけなのに、ミミは腰を震わせた。勢いよく精液が飛び出し、自身の腹とレクシュアの手を汚す。

「はぁっ、はぁっ……」

ミミは肩で荒い呼吸を繰り返す。

レクシュアは優しく絞り出すような手つきで、ミミの性器をさらにしごき続ける。

呼吸が整う前に、再び熱が集まりつつあるのを感じ始めている。そのままずっと続けられたら……。

「だ、だめですっ」

「なぜだ？　ここはもうしっかりと芯が通っているように感じるが」

レクシュアがぱっと手を離した。

その言葉どおり、達したばかりであるはずのミミの性器は硬さが保たれている。

「だって……、恥ずかしい……」

ミミは両手で顔を覆った。

発情期じゃないのに発情期のようだ。何度精を吐き出してもまだ足りずに次を求めてしまうのが習性だとするなら、同じウサギ科ならお互い様だ。けれどミミとレクシュアは違う科だから、おかしいと思われてしまうかもしれない。

飛びかかるような強引さで、レクシュアはミミを寝台に押し倒した。

「……えっ」

唐突だったからミミは意味がわからず、仰向けになった状態でぽかんとなる。

「初めて出会ったときから感じていたし、その後もその印象が変わることはなかったが、どうしてそんなに愛らしいんだ？」

レクシュアはミミの肩に軽く歯を立てた。甘く噛まれただけなので、痛みではなく甘さが広がっていく。

舌がミミの体を這《は》いまわる。首筋から鎖骨。そして胸へ。

つ……、と線を描くように移動してきて、小さな粒を、舌の先で引っ掻くように舐《な》めた。

「はぁっ、あぁっ、あっ」

ぺろぺろと細かく舌が動くと、乳首がぷくりと立ちあがった。舌で転がされていないほうの胸は、レクシュアの手によって刺激される。

「ここは好きか？」

「……わ、わからないですっ！」

その言葉とは裏腹に、ミミは触れられずして二度目の精を吐き出した。

「や、やだっ……、こんなことってあるの……？」

みっともない場面ばかりレクシュアに見せてしまって、ミミは涙目になった。

「あるさ」

レクシュアはミミの性器をしごいて、精を拭き取る。

「ミミ、恥ずかしい？」

ミミは何度も首を大きく縦に振った。

真っ暗に近い状況だからまだわずかに落ち着いていられるが、これが明るい場所での行為だったら……。考えただけでも顔から火が出てきそうだ。

「恥ずかしいって考えるより。俺のことだけ考えればいいんじゃないか？　それと、恥ずかしいんじゃなくて、気持ちいいって思うんだ。そうしたら、より気持ちよくなれる」

あ、また俺って言った。

無意識なのかな？　口調が少しずつ砕けてきているような気がする。

レクシュアが自分をさらけ出してくれるのだから、ミミももっと自然でありたい。

ミミの精を拭った指先が、性器の下に触れた。

「……っ！」

びくりと体が跳ねたミミに軽くのしかかって動きを封じ、レクシュアはミミの片足を肩に担いだ。

「や、やだっ、こんな格好……」

ミミは顔を横に激しく振った。

恥ずかしがるなと言われたが、足を大きく開かされて恥ずかしくないわけがない。

「ひゃっ！　……な、なに……？」

レクシュアの指が尻の狭間を滑り、無意識にきゅっと力が入った窄《すぼ》まりの中心に押し当てられる。

「ミミ、ここの力を抜くんだ」

しわをなぞるように周囲をひとなでする。

「ふっ……」

ミミはレクシュアに言われるがまま、体の力を抜く。

肩に乗っている足の力も抜けて、レクシュアの重みがかかった。

「そのまま……」

レクシュアは体を倒し、すぐ目の前まで顔を寄せてきた。

真っ暗な部屋の中にある唯一の蠟燭が、ミミとレクシュアをうっすらと照らしている。近づけばお互いの表情がよく見えた。

金色の目はミミをじっと見つめたまま、指をゆっくりと差し入れた。ミミの精液が手に着いていたせいか、自分でもびっくりしてしまうほどするりと飲み込んでいく。

「……あっ」

ミミの反応が悪くなかったためか、レクシュアは指を増やす。

「やっ、やっ、……レクシュア、怖い」

「大丈夫だ」

レクシュアはなだめるように、優しい口づけを繰り返す。

根元まで埋め込まれて、中で二本の指がうごめく。

「あ、あっ、ん……、あんっ！」

ぐりっと押されたある一点。ミミは信じられないほど甘ったれた声が出てしまった。

慌てて手で口を塞ごうにも、レクシュアの口づけに阻《はば》まれてしまう。

「ふっ……、んんっ」

触れられていない性器は硬く張りつめ、先からたらたらと液を漏らしている。触ってほしいのにレクシュアは触れてくれず、ミミの体の中をかき回す。

ミミは首を左右に振り、レクシュアの唇から逃れた。

「あんっ、あっ、やだっ、やっ、……んっ、んんっ……」

再び突き上げてくる衝動に見舞われ、ミミは抵抗した。今度もまた、直接の刺激を受けないまま、精を吐きだしてしまいそうなのだ。

しかし嫌だという言葉は、またレクシュアの唇に塞がれてしまう。かろうじて鼻でする呼吸に、甘さを含んだ声が混ざる。

「んん――っ！」

まただ。また、触れてくれなかった。なのに熱が外に出る勢いが止まらない。

「……や、やだって言ったのに……」

ミミはとうとう泣き出した。

「嫌だった？　気持ちよくなかったか？」

「気持ちよすぎて、それが嫌」

「なぜ嫌がる？」

「だって……、お尻の中……」

「まさか、行為の方法を知らない？」

「知ってます。知ってるけど、お尻が……。あっ」

レクシュアの指はまだ挿入されたままだ。開いたり閉じたり、中の粘膜をそっとなでたり、愛撫《あいぶ》を繰り返している。

「うずうずする……」

再びミミの呼吸が上がっていく。

レクシュアはまた、ミミを追い上げていくつもりだ。

一方的にされるのは嫌だ。

「や、やだっ！　レクシュア、一緒に……」

ミミがお願いしたら、レクシュアは大きく息を飲んで、ミミの胸に頭を乗せた。慌てた様子に見えたが、どうしたのだろう。

「レクシュア、大丈夫ですか？」

「……あ、ああ。大丈夫だ。ミミがあまりにかわいくて、俺のほうが危うく達してしまいそうになった」

レクシュアがかわいい……。

ミミのレクシュアへの思いがさらに強くなっていく。

レクシュアはミミの両足のひざ裏に手をかけ、胸につきそうなぐらい押し上げる。

「苦しくないか？」

「大丈夫です……」

大丈夫ではあるけれど。

赤ちゃんのおしめを交換するときのかっこうをさせられている。お尻もレクシュアにまる見えだ。

レクシュアはミミの尻を左右に開き、奥にひっそりとある小さな窄まりを開く。

いよいよレクシュアと……。

大好きなレクシュアとひとつになれるよろこびと期待と、そして少しの不安を胸に抱いて、ミミは目を閉じてその瞬間を待つ。

「あっ……？」

しかしそこに押し当てられたのはレクシュア自身ではなく、温かい舌だった。

「や、やっ、レクシュアっ！　そこはやめてっ……、あぁっ」

ぬるりと上下に動いた舌が、今度は、硬く閉じた蕾《つぼみ》の中心部を舐める。

時々、左足の付け根の痣を舌先がくすぐる。じんとしびれて、そこが心臓になったみたいにドクドクと強く脈を打つ。

指とは違って柔らかく、繊細かつ自由に動く。中心に舌の先を押し当て、窄まりをこじ開けるようにぬめぬめと動かされると、ミミのそこは意図せず開いたり閉じたり収縮を始めた。まるで舌を誘い込んでいるように。

ミミの動きに促されて、レクシュアの舌が窄まりをくぐり抜けて内部に侵入した。

「レクシュア……、や……」

本当に嫌なのか？

と問いかけるように、レクシュアの動きは大きくなっていく。

ぴちゃぴちゃと湿った音が聞こえてくる。

ミミは耳を塞ぎたかった。

また――――！

ミミは体の中を舐められて再び射精感が高まってくる。

「んんっ……、ふっ……」

頭がぼうっとしてきて、体が快楽のみを追いかけ始めた。

「あぁっ！」

今この瞬間に精が溢れだしそうだったところで、レクシュアはミミから舌を抜いてしまった。

「……レクシュア。レクシュア……」

ミミはどんな顔を向けていたのか。

「……クソッ」

普段のレクシュアからはぜったいに聞かれない言葉を漏らし、寝台の上でひざ立ちになった。

暗闇の中においても、うっすらと見えるその輪郭から、レクシュアの男性器はどっしりとした質量であるのがわかる。さっき少しだけ触れたとき、硬すぎて怖かった。

「……」

ミミはごくりと喉を鳴らす。

自分の弟のものぐらいしか見る機会もなかったから、ミミにはそれが怪物のように感じられたのだ。

あれがミミの中に？

ミミを愛撫しながらも、レクシュアもずっと我慢していたのかもしれない。動物が襲いかかるみたいな激しさで、レクシュアはミミにのしかかった。

尻の窄まりを上下して、その中心部分を見つける。大きさだけではなく硬さもある肉の棒が、ミミの体をじわじわと開いていく。

「んー……」

「ミミ、つらいか？」

怖い。

ミミは顔の横に置かれていたレクシュアの腕を思い切り握った。少しずつ体内に埋め込まれるのに比例して、指で押されたレクシュアの皮膚も沈んでいく。

ミミの吐き出した体液とレクシュアの唾液が混ざり合い、凶器にも思える性器がじわりじわり奥へ奥へと侵入していく。

小さな蕾を限界まで開かされて苦しかったが、それ以上の感情が込み上げてくる。

「ミミ、体はつらいか？　まだ半分程度なんだが」

「えっ？　は、半分…？」

これ以上レクシュアが体の中に入ってきたら、ミミはどうなってしまうのだろう。

怖いけれど、レクシュアの全部を受け止めたい。

「レクシュアとひとつになれてうれしいです。その……もっと深く……」

嘘偽りない、心からの言葉だった。けれどはっきりと口にするのは恥ずかしくて、最後のほうは飲み込んでしまった。

「……っ！」

レクシュアはくしゃりと顔を歪め、ミミの体をきつく抱きしめた。骨が折れてしまいそうなぐらい強かった。

ミミの肩で浅い呼吸を繰り返しているのを感じて、ミミは察した。たぶん、意図せず限界が訪れてしまってやり過ごしているのだろう、と。ミミも男だから、なんとなくわかるのだ。

「ミミ、大丈夫か？」

「大丈夫です」

少し落ち着いてから、レクシュアはミミの様子をうかがいながら腰を引いた。

「……っ！」

引き抜かれる感触に、ミミの全身に鳥肌が立った。

そして再び貫かれるときは、レクシュアはある一点を狙《ねら》って突き上げてくる。さっき、そこをいじられている間に達してしまった。

「あ……、あっ」

抜き差しの間にレクシュアの形に馴染んできたらしい体は、さらに深くまで飲み込んだ。付け根までいっぱいにレクシュアを受け止める。

体の中の深くまでレクシュアに埋め尽くされて、体だけではなくミミの心まで満たされていく。

ミミはレクシュアの肩に触れた。向かい合わせでは見えないが、同じ形の痣がある場所をなでる。

運命の人。

「あっ、あっ、レクシュアっ」

「……っ、ミミ」

名前を呼び合うことで、互いの現状を伝える。

レクシュアの呼吸はどんどん荒くなり、ミミの頭の中は快感が羞恥心を上回る。

「レ、レクシュア……」

ミミはもじもじとした声を出す。

「どうした？」

言葉を交わす間も、レクシュアの腰の動きは止まらない。

「そこ……」

「どこだ？」

レクシュアは唇の端だけ持ち上げた。

そこじゃないってわかってるくせに。

レクシュアの表情から、意図的に外しているのがわかって、しかもそれをちょっとからかわれて、
悔しい。

「あっ、あっ、……ん、……い、いじわるっ」

突き上げが激しくて、言葉も声も揺れた。

「ここか」

ミミの身もだえる姿を見て満足したのか、レクシュアが性器の先で内側からぐいっと押し上げた。

「あぁぁっ！」

唐突に刺激され、ミミはまた精を吐き出す。

最初の頃の勢いはなく、また量もない。性器の先の小さな穴から、だらだらと体液がこぼれ落ち続けている。

「んんっ、あっ、あっ」

太ももがぶるぶる震え、体がびくんびくん跳《は》ねる。

自分一人でするのとは質の違う激しい快楽の波にさらわれて、頭の中が真っ白になった。

達した瞬間に体に力が入って、体内を自由に動き回っていたレクシュアをぎゅうぎゅう締めつけた。

「……っ！」

レクシュアは大きく息を吸い込む。腰の動きが速くなり、打ちつける力も強くなっていく。

「あぁっ……！　レクシュアっ！　レクシュアっ！」

大好き。

「ミミ……！」

レクシュアにミミの心の中の声が届いたのか、抱きしめる腕に力が込められる。

熱い精をミミの体の奥深くに残した。


これまでの溝を埋めるように、朝まで何度も抱き合った。

体は疲れ果てており、眠ってしまうかと思ったが、頭のほうが冴えてしまって寝つけなかった。

晴れて夫婦となった記念の日。もったいなくて眠れない。

「レクシュア、お願いがあります」

太陽が顔を出し、蠟燭の火がなくてもレクシュアの顔が見える。

腕の中からレクシュアを見上げて、ミミは常々考えていたことを伝える。

「僕、ここでレクシュアと仕事がしたいです。今でも子供たちと遊ばせてもらってるから、あまり変わらないとは思うんですけど」

しかしレクシュアにはミミの意図が伝わった。

「神官になるのはじつはかなり難しく、狭き門だ。たくさん勉強しなければならない」

「がんばりますっ！」

「じゃあそれまでは見習いとして、これまでと同じように子供たちの世話を頼む」

「ありがとうございますっ」

ミミは唇に感謝の意を乗せて、レクシュアに口づけた。

ミミはルズガルト王国の土地に根付き、ここで死んでいくのだから、毎日楽しく生きていきたい。

そのためには目標を掲げ、それに向かってがんばる。そうすることで、ミミの新しい道は拓《ひら》けていく。

その隣には、レクシュアもいる。

同じ速度で。ずっとずっと一緒に歩いていきたい。


ミミはイリゼラの館に正式に迎え入れられた。

子供たちの世話のほかに、ミミにはもうひとつ仕事ができた。

伝承の転記だ。

雷雨の日、レクシュアが迎えにきたときに本の存在を伝えた。それらを持ち帰り、調査した結果、初代の書物を正確に書き写したものであることが判明した。

現在まで続く書き方と同じだったこと。伝聞の書物にはない暦が細かく書かれていたこと。そして伝聞の内容とほぼ同じだったこと。それから紙の質。現在と少し異なる文法や文字。そういった様々な点が理由だ。

やはりルズガルト王国は人柱を立てろと言ったわけではなく、マルルの証言とそれを伝えられたウォルトリア人たち、それぞれの認識の違いから生まれた制度だった。

ルズガルト王国としては人柱を廃止したいから、今後、どうにか策を考えるそうだ。船の技術も昔よりは発達しているから、そう簡単には遭難しないだろう、とも言っていた。ルズガルト王国の者がウォルトリアの地に立つ日もそう遠くないだろう。そのときは、ミミも船に乗せてほしい。帰るのではなく、幸せに暮らしていると両親や弟妹に伝えるために。

レクシュアが机に向かっている横で、ミミは本の整理をしている。

「私も書き写しているが、膨大な量だからこれがまた大変だ」

「僕も手伝います」

書き手が増えて、悪いことなんてないはずだ。

ミミは片づけの手を止め、レクシュアの手元を覗く。

机の上には新しい冊子が載っている。

「助かる。ありがとう。今年もまたウォルトリアからミミがやってきたから、そろそろ新しい一冊を作り始めなければならないしな」

「書き出しはどうするんですか？」

なにも書かれていない本を開いたレクシュアに、ミミは尋ねた。

「そうだな……」

レクシュアは少し考えてから、真っ白な紙面に第一行目をさらさらと書き始めた。

――赤の刻印を抱きし運命の人、ウォルトリアより現る。

# 尻尾の秘密

イリゼラの館は小高い丘の上に建っている。

近くには海があり、子供たちと海岸で遊んでいるとき、アライグマのミュリがミミに尋ねた。

ミュリは八歳の女の子で、進んで幼い子供たちの面倒を見てくれる子だ。

「ミミ先生、フルレナちゃんはなんでいつも尻尾がふりふりしてるの？」

ミミはフルレナに目を向けてみる。

フルレナはイヌ科の有耳属で、とても好奇心旺盛な子だ。砂浜を走り回っている子供たちに混ざろうとして、よちよち歩きで一生懸命ついていこうとしている姿がとても愛らしい。

「いつもふりふりしてるかな？」

「うん！　いつもしてる！　お外に行くよって言うと、すごいふりふりするの」

意識してみていなかったので、ミミはミュリに言われて初めて、そういえばそうだったかもしれない、と思った。

「フルレナが尻尾をふりふりさせるのは、イヌ科だからかな。うれしいときにそうなるみたいだね」

「じゃあ、フルレナちゃんはお外が好きなのかな？」

「そうだね。今も楽しそうな顔してるよ」

「ほんとだ。私も一緒に遊んでくるっ！」

ミュリは子供たちの集団に向かって駆け出した。


「リーゴー先生、お腹空いたよ」

目いっぱい遊んだ子供たちが、ミミやリーゴーといった大人がいる場所に戻ってきた。

「ミミ先生、フルレナちゃん、寝ちゃった」

ミュリの腕の中で眠っていたフルレナを、赤ちゃん担当の先生が抱っこした。

ほかに何人かいた赤ちゃんも、うとうとしていたりぐっすり眠っていたりしている。

「小さい子たちはお疲れの様子ですね。大きい子たちと一緒になって、思いきり走り回ってましたからね」

「リーゴー先生、今日のおやつはなに？」

「果物です。農家のラコディさんがおいしそうな苺《いちご》をたくさんくれました」

「やった！　苺大好き！」

おやつの内容を聞いた子供たちは帰り支度を始める。

ミミも敷物を畳むなどして、片付けを開始した。

見習いとはいえ、ミミはもうイリゼラの館の先生の一人なので、子供たちのために用意されたおやつを食べたいだなんて考えてはいけない。しかし好物の苺となると、子供たちがちょっぴりうらやましい。

「……苺」

「ミミ先生も苺が好きですか？」

リーゴーはにこにこしながら、ミミに尋ねた。

作業中の独り言を聞かれてしまっていたらしい。

「はい。大好きなんです。ルズガルト王国に来た最初の日に、子供の握りこぶしぐらいの大きさの苺を見たんです。あんなに大きな苺なんて見たことがなくて、びっくりしてしまいました。真っ赤でとてもおいしそうでした。どうぞって言われたんですけど、あのときは食べる余裕もなかったので」

「じゃあちょうどよかった。今日届けてもらった苺は、ミミ先生が前に見たのと同じ品種かもしれないです。一粒一粒がとても大きくて、甘くてとてもおいしいんですよね。大人の分もちゃんとありますよ」

「……っ！」

あの大きな苺が食べられるんだ……。

ミミはうれしくて、イリゼラの館に戻る道すがら、子供たちと同じぐらいそわそわしていた。

イリゼラの館がある丘の上。坂道の先に、だれかが立っていた。

「ミミ先生、あそこにいるのはだれ？」

ミミの隣にいたミュリが、丘の上を指す。

「レクシュア先生だよ」

「すごい。なんでわかるの？」

黒い服を着ているので、先生のだれかであるのは間違いない。しかし距離があるので、顔はわからない。黒髪の先生は何人もいる。しかしミミはどれだけ距離があっても、その人がだれなのか、わかるのだ。

「なんでかな」

ミミははにかんだ。

ミミたちは少しずつ坂を上っていく。

はっきりと顔が見えるようになり、目が合ったとわかる距離まで近づいたとき、それまで固定されていたレクシュアの尻尾が、ゆるゆると揺れ始めた。

「ミミ先生、レクシュア先生ってイヌなの？」

「レクシュア先生はオオカミだよ。イヌではないけど、イヌ科だから、遠い親戚って感じかな」

「そうなんだ。ありがと。ミミ先生はウサギさん？」

「そう。ウサギ」

「じゃあリーゴー先生は？」


フルレナの尻尾の件で気づいたのか、ミュリは自分以外の者たちの属性を意識し始めたようだ。

ミミは一人一人、丁寧に答えた。

坂道の途中でレクシュアに気づいた子たちが、次々に駆け上がっていく。

ミミとミュリはおしゃべりをしながら、ほかの先生たちと一緒にイリゼラの館に到着した。

「おかえり」

「レクシュア先生、ただいま！」

声かけするレクシュアに挨拶《あいさつ》し、建物の中へと入っていく。

「ただいま」

ミミはレクシュアの目の前に立つ。

遠くで目が合ったときはゆらゆらとゆっくり揺れていた尻尾だが、距離が縮まるにつれてその振幅は大きくなり、速度も上がっていく。根元から千切れてしまわないかと心配になるほどの勢いだ。

「ミミ、日焼けしたか？　少し赤くなっているな」

レクシュアの大きな手が、ミミの頬《ほお》に触れた。

一年のほとんどが雪に覆われている極寒の地で暮らしていたミミの肌は、こちらの人たちと比べるとかなり白い。しかし暖かいルズガルト王国にやってきて、毎日子供たちと外で遊ぶようになってからというもの、少し焼けたかもしれない。

「ひりひりしたり痛かったり、ってことはないから大丈夫だと思います」

「しかし、少し冷やしたほうがいいかもしれないな」

今日はたまたま空き時間があったからだと思うが、帰ってくるミミたちを出迎えてくれたり、日焼けの心配をしてくれたりするレクシュアの優しさが身に沁《し》みる。そっと触れてくる手に、大切にされているのだなと実感する。

子供たちと一緒に先生たちも建物に入っていく。ミミも遅れないように、レクシュアと並んで歩き始めた。

「レクシュア、今日のおやつは苺だそうですね。たくさんいただいたから僕たちも食べられる、ってリーゴー先生が言ってました」

「うれしそうだな」

「苺大好きだからっ！　うれしいんですっ！」

飛び跳《は》ねながらレクシュアの周りをぐるぐるまわってはしゃぐミミを、レクシュアはうれしそうな、なにかを堪えているような、様々な感情が入り乱れた表情で見ている。

「……そうか。そんなに苺が好きなら、私の分もミミにあげよう」

「いいんですかっ？　ありがとうございますっ！」

苺がもうひとつ食べられるのがうれしかったのと、レクシュアのミミへの気遣いがとてもうれしかったのとで、ミミはレクシュアに抱きついた。

勢いがついていたが、レクシュアはミミの体をしっかりと抱きとめてくれる。

「……レクシュア先生の尻尾、すごいふりふりしてるね」

ミミは突然のミュリの声にびくっとして、レクシュアの腕の中で硬直した。

建物に先に戻ったとばかり思っていたミュリが、ミミとレクシュアの背後にいたのだ。

「うれしいの？」

ミュリはよく気がつく子で、レクシュアの尻尾についても常々不思議に思っていたらしい。うれしいときにそうなる、とさっきミミが言ったため、ミュリはレクシュアの尻尾についてもそう理解したようだ。

「もちろん、そうだ。みんなが楽しそうな表情で坂を駆け上がって来るのを見ていると、私もとてもうれしくなってくる」

「レクシュア先生は、ミミ先生といるときだけ尻尾ふりふりしてる気がする」

「そんなことはないぞ」

「でも、ミミ先生が近くに来たら、ふりふりがすごく速くなるよね？　それはどうして？」

「……そ、それは……っ」

もしかして、レクシュアは僕といるときに尻尾が揺れてる自覚がなかったのかな？

「ミミ先生が近くにいるのがうれしいの？」

言葉の裏に含みがあったり、意図が隠されていたり、といったことは一切ない。純粋に感じた疑問を、ミュリはレクシュアに投げかけているのだ。

「レクシュア先生、うれしくないの？」

「……」

らしくなく口ごもったのを不思議に思い、ミミはレクシュアの顔を見上げた。

するとレクシュアは、片手で口元を押さえ、困惑の表情を浮かべていた。

手で半分ぐらい隠れている頬も、うっすらと赤みを帯びている。

「……え？　え……？　レ、レクシュア……？」

初めて見せるレクシュアの表情に、ミミのほうが恥ずかしくなってくる。

レクシュアは相変わらず顔の下半分を手で覆ったまま、目だけをミミに向けてくる。

ミミもまた顔が真っ赤のまま、けれどレクシュアの返答に期待する気持ちを隠さず、じっと見つめ返す。

ミュリに突っ込まれてぴたりと止まった尻尾が、再びゆらゆらと揺れ始める。

意識して止めようと思っても、尻尾はどうにもならないようだ。

子供に嘘《うそ》をつくわけにもいかず、ましてやミミ本人を前にして、本心と逆の気持ちを伝える必要がどこにあるのか。

「……うれしい」

その言葉を口にする前にレクシュアは両手で顔を隠してしまったから、どんな表情だったか、見ることはできなくて残念だった。

けれどレクシュアがくれた言葉や照れた口調、仕草が愛《いと》しくて、たまらずその大きな体に飛びつい
た。

# あとがき

こんにちは。初めまして。石原《いしはら》ひな子《こ》です。お久しぶりです。

この度は『臆病ウサギのお嫁入り』をお手に取ってくださいまして、どうもありがとうございます。

私事ではありますが、数年前から体調不良が続いておりました。担当様やイラストレーター様、出版社にこれ以上迷惑をかけてはならないと思い、一度、先の仕事の予定を入れるのをやめる決断をしました。決断した時点で入っていた仕事は継続しておりましたが、前回リンクスロマンス様から発行していただいてから約四年の空白があります。

仕事を入れないということへの恐怖、もう依頼は来ないのでは……と不安は常にありましたが、またこうして本を出していただけることになり、とてもうれしく思います。

仕事を止めている間もちょくちょく連絡をくださっていた担当様にはとても感謝しております。どうもありがとうございます。

また、イベントなどで声をかけてくださった方、お手紙をくださった方々、どうもありがとうございます。待ってます、などと言ってくださって、とても励まされました。

イラストを担当してくださった古澤《ふるさわ》エノ先生。お忙しい中、ご迷惑をおかけしてしまっ

あとがき

て申し訳ございませんでした。素敵なイラストをどうもありがとうございます。いただいたキャラララフを毎日見て幸せな気持ちになっております。

さて『臆病ウサギのお嫁入り』ですが、ミミはかわいいな、と書きながら思いました。いつも名前がなかなか決まらないので、普段、名無しの状態で書き始めるのですが、そろそろ名前を決めなくてはいけないという段階になり、とても悩みました。ウサギだからミミ……、と仮で名前を付けてみたところ、とても愛しい存在になり、そのままミミとなりました。ミミちゃん、と呼んだりしてかわいがっています。ミミと名付けてからより一層、天真爛漫で素直でかわいらしく書けたかなと思います。

レクシュアは真面目、そして決して揺るがない精神力の持ち主です。理性が弾け飛んでしまいそうな場面でも耐える男、それがレクシュア。こういう攻めキャラもいいな、と思いました。

耳と尻尾がある人たちが生きている、銃などがない世界のお話です。完全にファンタジーな世界観なので好きに書ける利点がある一方、説明が難しいなと感じた作品でもあります。ですが、とても楽しく書けたという実感があり、そう思えたことは、私の中で一番の薬となったように思います。

皆様にも楽しんでいただければ幸いです。

またお会いできたらうれしいです。

石原ひな子

LYNX ROMANCE

# 小説原稿募集

リンクスロマンスではオリジナル作品の原稿を随時募集いたします。

## 募集作品

リンクスロマンスの読者を対象にした商業誌未発表のオリジナル作品。
（商業誌未発表のオリジナル作品であれば、同人誌・サイト発表作も受付可）

## 募集要項

**＜応募資格＞**

年齢・性別・プロ・アマ問いません。

---

**＜原稿枚数＞**

４５文字 ×１７行（１枚）の縦書き原稿、２００枚以上２４０枚以内。
※印刷形式は自由。ただしＡ４用紙を使用のこと。
※手書き、感熱紙不可。
※原稿には必ずノンブル（通し番号）を入れてください。

---

**＜応募上の注意＞**

◆原稿の１枚目には、作品のタイトル、ペンネーム、住所、氏名、年齢、電話番号、メールアドレス、投稿（掲載）歴を添付してください。
◆２枚目には、作品のあらすじ（４００字～８００字程度）を添付してください。
◆未完の作品（続きものなど）、他誌との二重投稿作品は受付不可です。
◆原稿は返却いたしませんので、必要な方はコピー等の控えをお取りください。
◆１作品につき、ひとつの封筒でご応募ください。

---

**＜採用のお知らせ＞**

◆採用の場合のみ、原稿到着後６カ月以内に編集部よりご連絡いたします。
◆優れた作品は、リンクスロマンスより発行させていただきます。
原稿料は、当社既定の印税でのお支払いになります。
◆選考に関するお電話やメールでのお問い合わせはご遠慮ください。

## 宛先

〒151-0051
東京都渋谷区千駄ヶ谷４−９−７
**株式会社　幻冬舎コミックス**
**「リンクスロマンス　小説原稿募集」係**

# LYNX ROMANCE イラストレーター募集

リンクスロマンスでは、イラストレーターを随時募集いたします。

リンクスロマンスから任意の作品を選び、作品に合わせた
模写ではないオリジナルのイラスト（下記各1点以上）を描いてご応募ください。
モノクロイラストは、新書の挿絵箇所以外でも構いませんので、
好きなシーンを選んで描いてください。

1 表紙用 カラーイラスト

2 モノクロイラスト（人物全身・背景の入ったもの）

3 モノクロイラスト（人物アップ）

4 モノクロイラスト（キス・Hシーン）

## 募集要項

＜応募資格＞

年齢・性別・プロ・アマ問いません。

＜原稿のサイズおよび形式＞

◆Ａ４またはＢ４サイズの市販の原稿用紙を使用してください。
◆データ原稿の場合は、Photoshop（Ver.5.0 以降）形式でＣＤ－Ｒに保存し、
出力見本をつけてご応募ください。

＜応募上の注意＞

◆応募イラストの元としたリンクスロマンスのタイトル、
あなたの住所、氏名、ペンネーム、年齢、電話番号、メールアドレス、
投稿歴、受賞歴を記載した紙を添付してください（書式自由）。
◆作品返却を希望する場合は、応募封筒の表に「返却希望」と明記し、
返却希望先の住所・氏名を記入して
返送分の切手を貼った返信用封筒を同封してください。

＜採用のお知らせ＞

◆採用の場合のみ、６カ月以内に編集部よりご連絡いたします。
◆選考に関するお電話やメールでのお問い合わせはご遠慮ください。

## 宛先

〒151-0051 東京都渋谷区千駄ヶ谷４−９−７
株式会社　幻冬舎コミックス
「リンクスロマンス　イラストレーター募集」係

この本を読んでのご意見・ご感想をお寄せ下さい。

〒151-0051
東京都渋谷区千駄ヶ谷4-9-7
(株)幻冬舎コミックス　リンクス編集部
「石原《いしはら》ひな子《こ》先生」係／「古澤《ふるさわ》エノ先生」係

リンクス ロマンス

# 臆病ウサギのお嫁入り

2019年1月31日　第1刷発行

著者…………石原《いしはら》ひな子《こ》
発行人…………石原正康
発行元…………株式会社　幻冬舎コミックス
〒151-0051　東京都渋谷区千駄ヶ谷4-9-7
TEL 03-5411-6431（編集）
発売元…………株式会社　幻冬舎
〒151-0051　東京都渋谷区千駄ヶ谷4-9-7
TEL 03-5411-6222（営業）
振替00120-8-767643
印刷・製本所…株式会社　光邦
検印廃止


ISBN978-4-344-84381-3 C0293
Printed in Japan

幻冬舎コミックスホームページ　http://www.gentosha-comics.net